KB069876

꿈만 꾸는 게 더 나았어요

트
리
플

꿈만
꾸는 게
더
나았어요

10

T
R
I
P
L
E

심너울 소설

차례

007 대리자들

067 꿈만 꾸는 게 더 나았어요

111 문명의 사도

153 에세이 세 편의 글로 자기를 소개하기

166 해설 한국 SF의 트릭스터를 만나는 시간 ─ 이지용

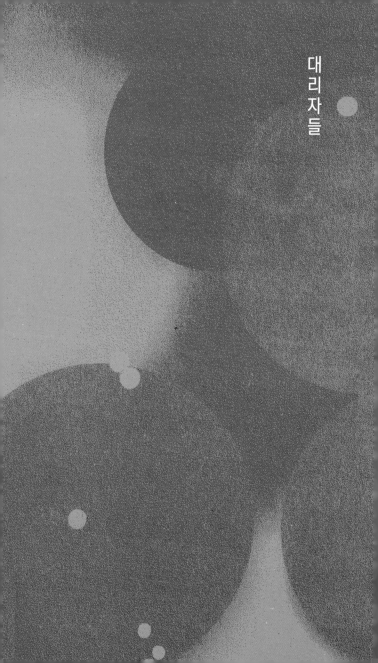

대리자들

"이 세상은 하나의 무대요,

모든 인간은 제각각 맡은 역할을 위해

등장했다가 퇴장해버리는 배우에 지나지 않죠."

—윌리엄 셰익스피어, 「뜻대로 하세요」 중

강도영은 여섯 살부터 다른 사람들의 눈에 띌 만큼 아름다웠다. 깊이를 가늠할 수 없는 동그랗고 커다란 검은 눈은 티끌 하나 없는 새하얀 피부와 완벽한 대비를 이뤘다. 그의 굳게 앙다문 입술에 떠도는 침묵은 그 어떤 말보다도 깊은 뜻을 품고 있는 것처럼 보였다.

자연스럽게 도영은 아이스크림 프랜차이즈 광고의 모델로 발탁됐다. 귀족적인 분위기가 도는 깔끔한 옷을 입은 도영이 작은 컵에 든 초콜릿 아이스크림을 떠먹는 광고가 전국 각지에 퍼졌다. 도영의 부모는 쏟아지는 섭외 때문에 질식할 뻔했다. 그래도 그들은 나름대로 계획이 있었고, 그걸 실현할 만한 근성도 있었다. 그들은 도영을 영화배우로 만들고 싶었다.

본업도 포기하고 도영의 매니저가 된 그들은 실패하지 않았다. 열한 살 때까지 도영은 세 편의 한국 영화와 두 편의 할리우드 영화에 출연했다. 다섯 영화는 적당한 성공을 거뒀다. 그사이에 넉넉히 소설 한 권을 채울 만한 이야기가 있었다.

위대한 배우가 되기 위해 강도영이 대단한 연기력을 선보일 필요는 없었다. 단지 그 커다란 눈을 또렷이 뜨는 것만으로도 충분했다. 스크린에 가득 찬 눈동자를 보고 사람들은 저항할 수 없는 신비를 느꼈다. 세상의 수많은 사람이 강도영을 알았다. 길거리를 걸으면 모두가 도영을 알아보았다.

도영은 세상이 자신을 결코 배반하지 않으리라 믿었지만 그것도 잠시였다. 2030년, 그가 열한 살일 때 세상의 냉소가 그에게 닥친 것이다. 일정차 부산으로 가던 강도영과 부모는 고속도로에서 끔찍한 교통사고에 휘말렸다. 앞자리에 앉아 있던 부모는 즉사했고, 도영은 너덜너덜해진 채로 살아남았다. 재활을 끝마치는 데만 꼬박 5년의 시간이 걸렸다. 겉에 보이는 흔적은 남지 않았지만, 평생을 갈 둔탁한 통증이 남았다.

　　도영은 순식간에 자기가 살던 세상에서 유리되었다. 삐걱대는 육체와 울부짖는 사춘기의 정신을 애써 추스르며 사회로 천천히 걸어 나왔지만, 아무도 그를 찾지 않았다. 세상에는 끊임없이 재능 있고 아름다운 사람들이 출몰했고, 몇 년의 부재 동안 사람들은 이미 열광할 다른 배우를 찾았다. 이제 아무도 그를 알아보지 못했다.

　　가끔은, 그토록 빛나던 순간이 있었다는 게 모두 우스운 거짓말 같았다.

*

　　대학로의 한 소극장, 마지막 연극이 끝났다. 모든 조명이 꺼졌다. 옹기종기 앉은 관객들은 어둠 속에서 다급히 움직이는 사람들의 인기척을 느꼈다. 어둠을 틈타 연극에 출연했던 배우들이 하나씩 무대 위로 올라가고 있었다.

　　곧 무대 전체에 조명이 들어왔다. 관객들은 잠시 눈을 찌푸렸다가, 배우들이 조명 아래 서 있는 것을

보았다. 다들 싱글벙글 웃었다. 관객들은 박수로 화답
했다. 참석한 모든 관객이 박수를 치고 있는데도 그 소
리는 그렇게 우렁차지 않았다. 도영은 빠르게 관객들
을 세보았다. 배우가 관객보다 많았다. 도영은 쓴웃음
을 지었다. 아마 저 관객들도 배우들의 친구거나, 아니
면 연극을 하는 배우일 테다. 품앗이의 전통이 2041년
의 연극판에서 재현되리라고 누가 알았으랴.

　적은 관객들마저 썰물처럼 빠져나간 후에야 배
우들의 얼굴에 수심이 떠올랐다. 무대 위에 뒤늦게 올
라와 어수선한 판을 정리하기 시작한 조명이나 연출 담
당도 얼굴이 잔뜩 굳어 있긴 마찬가지였다. 도영은 뻐
근한 몸을 움직였다. 이번에도 나름대로 열심히 한다고
했는데, 전혀 마음에 들지 않았다. 뭐라도 도우면서 죄
책감을 덜고 싶었다.

　그때 누가 그의 등을 쿡쿡 찔렀다. 도영은 고개
를 돌렸다.

　"선배. 우리 도망치자."

　극단 막내인 권나영이 도영에게 살짝 몸을 숙인
채로 속삭였다. 도영은 자기보다 키가 한 뼘은 큰 나영
을 올려다보았다. 항상 서글서글 웃는 그 얼굴이 보였

다. 사고 이후 딱히 의지할 데 없는 도영에게 거의 유일한 친구였다.

"도망친다고?"

"오늘 분위기 보니까 회식해도 멸치에 소주 까겠는데. 완전 적자잖아. 선배 병원 가야 한다 하고 튀어나와. 나도 나름대로 변명 만들어서 나갈게."

도영은 고개를 끄덕였다. 도영도 극단의 다른 사람들과 모여 와자지껄 떠드는 것보다는 가까운 나영과 조용한 데서 맥주나 조금씩 마시며 투덜대는 편이 훨씬 좋았다. 극단은 가난하지만 그래도 구시대적인 곳은 아니어서 가능한 일이었다.

두 시간 뒤 도영과 나영은 으슥한 곳의 닭집에서 만났다. 맛도 없고 식품위생법 준수와는 상당한 거리가 있지만, 싸게 술을 마실 수 있다는 이점 하나로 오랫동안 장사를 이어가는 곳이었다. 통닭과 맥주 피처 하나를 시킨 뒤 그들은 구석 자리에 앉았다. 곧 점원 한 명이 음식과 술을 그들의 식탁 위로 날랐다.

"오늘은 알바비 들어왔으니, 내가 살게."

호기롭게 말한 나영이 맥주를 자기 잔에 따르더니, 반을 들이켜고 나서 다시 쑥덕였다.

"선배도 각본 받았을 때부터 망할 줄 알았지? 수십 년 전에 유행하던 코미디를 지금 시대에."

"왜, 나는 재밌던데."

별로 힘이 실리지 않은 변론이었다.

"무슨 장면이 제일 좋았는데?"

"어, 그, 그게…."

나영은 도영이 답을 찾기까지 기다리지 않았다.

"자기도 모르면서. 그래서 나도 별로 열심히 할 생각 안 들더라고. 에휴, 저번에도 적자, 이번에도 적자."

"사람들 탓만 할 수 있나. 연극해서 돈 버는 거 자체가 좀 많이 헛된 생각이지."

"아, 예, 예, 선배님. 그렇지, 뭐. 우리 다 바보야. 선배도! 나도! 인터랙티브의 시대, 가상현실의 시대! 컴퓨터로 만들어지는 세상이, CGI가 현실과 완전히 구별할 수 없는데, 세상에 즐길 거리가 이렇게 많은데 무엇 하러 연극을 하나!"

고뇌하는 햄릿처럼 과장된 어조로 말하는 나영을 보고 도영은 피식 웃었다. 그러는 와중에도 나영의 표정은 그럴듯하게 움직였다. 도영보다 두 살 어린 나영은 초등학생 때 학예회에서 나무 역할을 맡았을 때부터 연기에 눈을 떴다고 했다. 예고를 박차고 나와서는 곧바로 대학로를 돌아다녔다나. 그의 연기는 아직 완전히 다듬어지지 않아 모난 재능이 보였는데, 그것이 오히려 젊고 생생하게 느껴졌다. 하지만 그 재능이 합당한 대우를 받은 적은 없었다.

"그나저나, 저번 오디션은 어떻게 됐어?"

질문을 받은 나영의 표정이 어두워졌다.

"잘 안됐지, 뭐."

"그놈의 영화 뭐가 그리 대단하다고. 기회가 있을 거야."

"말은 잘하네. 됐어, 요즘 영화 마음에 안 들어."

나영이 고개를 절레절레 저었다.

"왜, 또?"

"독립 영화는 연극만큼 더 구질구질하고 힘든 판이라 그렇고, 요즘 큰 영화들은 다들 비슷하잖아. 실패하지 않을 만한 무난한 이야기에 컴퓨터그래픽으로 떡칠한 테마파크나 다름없고. 영화배우들 녹색 세트에서 허공에 손짓하면서 연기하기도 하고. 그건 딱 질색이야. 어떻게 그런 상태에서 연기를 해? 아무리 컴퓨터그래픽이 사실적이고 신기해도, 나는 그런 녹색 세트부터 떠오른다구. 아니, 선배가 더 잘 알겠지. 영화 몇 편 찍었으니까."

너 그거 정말 포도의 산미에 대한 고급스러운 취향을 아주 갑작스럽게 보이는 여우 같다고 도영은 말하고 싶었다.

"어… 그런가? 사실 나는 어릴 때 찍은 거라 잘 기억 안 나. 그때 했던 걸 연기라고 할 수 있나. 그냥 어른들이 시키는 대로 놀았던 거지."

"선배."

"응?"

"마셔."

거절할 수 없었다. 나영이 혼자 맥주 3리터를 마시는 동안, 도영은 맥주 두 잔을 간신히 마셨다. 하지만 인사불성이 될 정도로 취한 쪽은 도영이었다. 쌩쌩한 나영이 정신을 못 차리는 도영을 질질 끌고 가 그의 자취방에 집어넣었다. 인기 없는 연극배우가 사는 방치고는 꽤 괜찮은 방이었으나, 대다수의 원룸처럼 보통 사람들을 위한 생활 기준에는 한참 미달했다.

나영은 흐린 전구 빛으로 가득 찬 방구석에 도영을 대충 구겨 넣었다. 시선을 드니, 벽에 액자 몇 개가 걸

려 있었다. 어린 시절 도영의 모습이 담겨 있었다.

"부럽다, 야. 이런 시절이 있다는 게."

도영은 신음을 흘렸다.

"어린 시절에 내가 뭘 연기했는지 기억도 안 나. 그때 운이 좋았던 거지. 지금은 연기도 제대로 못 하는데 극단에 붙어 있잖아. 그때의 같잖은 기억에 매달려서… 그래, 이게 너처럼 꿈을 향해 달리는 사람에게는 기만이겠지. 하지만 이제 난 너무 달라."

"야, 강도영."

도영은 감겨만 가는 눈꺼풀을 간신히 뜬 채로 나영을 바라보았다. 나영이 그의 얼굴을 두 손으로 붙잡고 두 눈을 똑바로 지켜보며 말했다. 온기가 느껴졌다.

"네가 달라지긴 뭘 달라져. 다 그대로야. 특히 눈이, 커다란 눈이."

나영은 거기까지 말하고 도영의 얼굴을 놓았다.

*

불타는 햇살이 블라인드 틈새를 헤집고 방 안에 쏟아졌다. 고막이 찢어질 듯한 코 고는 소리가 방 안에 울렸다. 도영은 터질 듯한 머리를 부여잡고 상반신을 살짝 든 채로 방을 둘러보았다. 나영이 맞은편 구석에 구겨진 채로 잠들어 있었다. 도영은 조용히 일어섰다. 잘못된 자세로 자서 그런지 목이 결렸다.

　　도영은 화장실로 기어가 세면대 앞에 섰다. 물을 한 번 얼굴에 끼얹으니 바짝 정신이 들었다.

　　그러고는, 거울 속에서 자신을 바라보는 커다란 눈을 보았다. 그 끝을 모를 정도로 깊고 새까만 눈동자. 도영은 어린 시절의 자신이 기록된 무수한 영상과 사진들을 보았지만, 그 속에 있는 신비한 아이와 자신의 닮은 점이라고는 눈밖에 없었다. 사춘기를 지나 재배치된 도영의 얼굴은 이전에 풍기던 중성적인 마력을 조금도 보이지 않았다.

　　사고가 없었다면 여전히 빛나고 있었을까? 도영은 확신하기 어려웠다. 어린 시절의 도영은 찬란히 빛났으나, 진지하게 연기한 것은 아니었다. 단지 카메라를 가만히 주시하기만 해도 어른들은 그 신비한 표정에서 수백 가지의 감정과 수천 가지의 비밀을 추론해냈다. 사고가 없었더라도 잊히는 속도는 별다를 바 없었을지도 모른다.

하지만 어쩔 수 없었다. 거울 속에서 빛나는 자신의 눈을 볼 때마다 마음속에 있는 집착이 되살아났다. 도영은 스크린에서 다시 빛나고, 길거리에서 사람들이 자기를 알아봐주고, 자신의 사진을 공유하기를 바랐다. 그것은 합리와 이성으로 어떻게 설득할 수 없는 강렬한 바람이었다. 그리고 이 좁은 원룸에서도 탈출하고 싶었다! 병원에 쏟아부은 돈만 아니었으면 이런 데서 살 필요는 없었을 텐데. 그러나 다른 일을 할 수도 없었다. 어린 시절부터 다른 사람과 전혀 다른 삶을 살아온 그는 일반적으로 돈을 벌어 먹고사는 것에 대한 지식이 아무것도 없었다.

언제나처럼 20분 정도 숙취와 아무 소용 없는 후회를 되새긴 뒤에, 도영은 화장실에서 걸어 나왔다. 씻는 소리를 듣고 어느새 깬 나영이 멀뚱히 그를 올려다보았다.

"깼네. 나가서 우동이라도 먹을까."

"야."

나영은 얼이 잔뜩 빠진 듯한 목소리로 말했다. 도영은 의아한 표정으로 그를 바라다보았다. 맥주 몇 잔 마셨다고 그럴 사람이 아니었다.

"응?"

"있잖아… 진짜 미안한데, 내가 네 핸드폰을 봤어. 잠금을 안 걸어놨길래. 아니, 그렇다고 해서 네 잘못이란 거는 아닌데. 내가 뭐라는 거지, 참. 미안하다. 내가…"

횡설수설하는 나영을 보고 도영은 무덤덤하게 답했다.

"아냐, 뭐, 그럴 수도 있지. 어차피 너 빼고 연락하는 사람도 없는걸."

하지만 나영은 손을 휘저었다.

"그런 게 아니라… 중요한 메일이 왔길래…"

"중요한 거? 카드값은 꼬박꼬박 냈는데."

도영은 성큼성큼 나영에게로 걸어갔다. 나영이 손을 살짝 떨면서 그의 오래된 핸드폰을 건네주었다. 권나영의 말이 맞았다. 핸드폰의 쨍한 화면에 정말 새 메일이 떠 있었다. 쓸데없는 정크 메일이라면 분명히 인공지능이 잘라냈을 텐데. 도영은 메일을 훑어보았다.

[비나인 스튜디오]

안녕하세요, 강도영 배우님. 비나인 스튜디오의

신작 영화 〈서울살이〉의 주연을 제안합니다. 저희 비나인 스튜디오는…

도영은 조금 전에 나영이 느꼈던 것보다 더 강렬한, 아득한 비현실감과 아찔한 현기증을 동시에 느꼈다.

*

비나인 스튜디오는 테헤란로에 다닥다닥 붙어 있는 유리 빌딩 중 하나에 입주해 여섯 개의 층을 쓰고 있었다. 빌딩 내부는 지나치게 깔끔하게 마감되어 있었고, 온갖 더러운 것을 밟은 운동화를 신고 온 도영은 감히 이곳을 걷기가 망설여졌다. 퇴물 배우가 돌아다니기에는 너무 신성한 공간이었다. 다행히 안내 로봇은 도영의 옷차림에는 전혀 신경 쓰지 않고 무덤덤하게 그를 성영원의 개인 사무실로 안내했다. 사무실 앞에 있던 인간 비서가 그를 알아보고 비켜섰다. 도영이 문을 열고 들어가자 바로 맞은편에 책상이 보였다. 그 책상 위에 놓인 세 개의 모니터 앞에 간소한 차림의 중년 여성이 앉아 있었다.

성영원 상무였다. 인기척을 느낀 그가 살짝 고개를 들고 도영을 한동안 바라보더니 천천히 일어났다. 둘은 잠시 마주 보았다. 마침 사무실에 난 창밖에서 햇빛이 쏟아져 들어와 영원의 뒤를 밝게 비췄다. 지금껏 도영이 본 어떤 영화사의 임원들보다 영원은 더 다부져 보였다. 그 짧은 시간 동안 도영은 이미 압도된 기분이었다.

"반가워요, 강도영 씨."

카랑카랑한 목소리로 말한 영원은 앞쪽 의자를 가리켰다.

"네, 안녕하세요."

도영은 침을 꿀꺽 삼키고 그의 앞에 앉았다. 예의를 차린 인사를 끝낸 다음, 성영원은 이런저런 잡담을 늘어놓았다. "진작 연락을 드렸어야 하는걸." "그나저나 옛날에 보던 눈은 정말 그대론데요."

도영이 먼저 질문을 꺼냈다.

"저, 그런데 상무님. 제안하신 건은…."

영원의 표정이 확 진지해졌다.

"네, 메일에 쓴 그대로예요. 저희 스튜디오 새 작품에 주연으로 출연해줬으면 해요. 첨부한 시놉시스는 보았나요?"

"〈서울살이〉 말씀이시죠. 서울에서 태어나 서울에서 살아가는 한 조용한 사람의 일생을 어린 시절부터 중년기까지 쭉 훑는 시놉시스요."

"맞아요. 우리 회사는 이제까지 블록버스터 액션 위주로 해왔거든. 좀 작고 아기자기한 이야기도 한번 시도해보려고 해요. 도영 씨의 필모그래피가 딱 맞는 것 같고."

"아…."

도영은 고개를 끄덕였다. 비나인 스튜디오는 원래 컴퓨터그래픽 회사였다. 본래 영화에 들어갈 특수효과를 제작하는 일을 했었는데, 2020년부터 영화사 하나를 아예 인수하고 한국에서 이제껏 볼 수 없었던 화려한 시각효과로 무장한 블록버스터 영화들을 찍어내는 것으로 이름 높았다. 20년 넘는 세월 동안 임원들은 다른 욕심도 생긴 걸까.

"저야, 제안 메일을 받고 너무 감사했지요. 사고 이후로 출연한 영화가 하나도 없는데, 어떻게 알아주시고."

"배우님이 딱 맞아요. 말했지만, 나도 젊을 때 배

우님 팬이었다니까요. 사인도 받아놨는데 기억할지 모
르겠네."

영원은 환히 웃으면서 책상 서랍에서 무언가를
꺼냈다. 어린 시절 도영의 사진이었다. 사진 뒷면에는
도영이 기억하지 못하는 조잡한 선이 그어져 있었다.

"영광이네요. 저랑 닮은 아역 배우가 있나 보죠?"

잠시 대화가 멈췄다. 그 어떤 대화에서도 권장
되지 않는 싸늘한 정적에 도영은 당혹했다. 무슨 말실
수라도 한 걸까? 하지만 지금 내가 분장을 하고 아이 역
을 할 수도 없잖아? 분명 시놉시스에선 어린 주인공의
이야기가 아주 큰 비중으로 묘사된다고 했다.

"도영 씨, 아역은 없어요."

"예? 하지만 주인공의 어린 시절부터 시작하는
이야기 아닌가요?"

도영은 잠시 카메라 앞에서 아이의 흉내를 내는
자신의 모습을 생각해보았다. 내가 아무리 키가 작아도
그렇지, 말도 안 돼.

"그건 별거 아니에요. 배우 키가 작으면 애플박
스 위에 올려놓으면 되고, 감정 표현이 밋밋하면 촬영
을 교묘하게 하면 되죠. 눈동자에 빛 몇 개만 찍어줘도

사람들이 배우를 얼마나 칭찬하는데요. 도영 씨가 지금 어리지 않다는 건 문제가 아네요."

"무슨 말씀이신지 잘 이해가….."

영원은 자신만만하게 웃었다.

"알고 계시겠지만, 비나인 스튜디오는 원래 컴퓨터그래픽 회사였어요. 그리고 CGI가 얼마나 발달했는지 알고 계시죠?"

도영은 고개를 끄덕였다.

"아무리 눈썰미가 좋아도, 이제는 현실과 완전히 구별할 수 없어요. 40년 전에는 최대한 사실적인 그래픽이 대우받았지만, 요새는 아마추어도 얼마든지 할 수 있어요. 그런 판국에 우리 회사는 경제성을 중시했죠. 최대한 싼 가격에 만들 수 있도록 연구한 거고요. 우리 엔지니어는 다들 능력 있는 사람들이에요. 올해 봄 즈음에 우리 간부들이 꿈꾸던 것이 실현됐거든요.

이제 적어도 우리 스튜디오에서는, 고전적인 촬영보다 컴퓨터그래픽이 더 싸졌어요. 촬영 로케이션을 잡고, 수많은 사람의 일정을 조율하고, 감독의 구질구질한 예술적 자아 때문에 밤늦게까지 똑같은 장면을 찍고 또 찍고, 그렇게 열심히 찍은 물건들이 포스트 프로덕

션 중에 반토막이 나고… 다 헛짓거리죠. 앞으로 우리 영화는 처음부터 끝까지 컴퓨터로 만들 거예요. '진짜로 찍은' 것과 구분할 수 없을 거예요."

그는 말을 한 박자 쉬어 극적인 효과를 부여했다.

"그러니, 도영 씨는 그 얼굴을 쓸 권리만 우리한 테 빌려주면 돼요. 한 시간 정도 스캔만 하고 나면, 더 이상 연기 때문에 골치 썩지 않아도 돼요. 우리가 세밀 하게 조정한 인공지능이 얼굴을 빌려 대신 연기를 할 거예요."

도영은 그 말을 듣는 내내 아랫입술을 깨물고 있었다. 그는 입 안에 감도는 피 맛을 느끼면서, 입을 열 었다.

"그, 그렇다면, 하지만, 제가 어릴 때의 모습 은…?"

영원은 조금 전에 보여준 도영의 사진을 들어 올 렸다.

"어릴 때 도영 씨가 얼마나 스타였어요. 지금까 지 남아 있는 영상과 사진들이 너무나 많아요. 그 데이 터들만으로도 충분해요. 지금의 모습과 어릴 때의 모습 으로 보간interpolation하면 청소년 시절의 얼굴도 아무 이상 없이 구현해낼 수 있고요."

"아….."

"어때요, 정말 거부할 수 없는 제안이죠?"

도영은 영원의 얼굴을 멍하니 바라보다가, 고개를 천천히 가로저었다. 그는 허벅지 위에 올려놓은 두 손을 살짝 떨면서 말했다.

"글쎄요. 새 영화에 나올 수 있다는 건 좋지만…. 아뇨. 상무님, 저는 연기가 하고 싶은 것이지 영화에 나오고 싶은 게 아니에요."

"어머, 배우님 젊으시다. 꿈을 좇으시고. 잠깐만요. 기다려봐요."

영원이 손으로 입을 살짝 가렸다. 눈 옆으로 얄은 주름이 퍼졌다. 그는 일어나더니 자기 앞에 있는 모니터 하나를 도영의 방향으로 180도 돌렸다. 그다음, 컴퓨터에 무언가를 빠르게 쳐 넣었다. 도영은 자기 쪽의 모니터에 동영상 하나가 떠오르는 것을 보았다.

"봐요, 이게 저번에 슈퍼히어로 영화 촬영할 때 모습이거든."

형광빛의 초록색 세트 위에 한 배우가 화려한 원색으로 된 쫄쫄이 유니폼을 입고 서 있었다. 초록색 세트에 극도로 대조되는 유니폼을 입은 배우의 모습은 우스꽝스러웠다. 배우는 그 상태에서 어떻게든 진중한 표정을 지으며 대사를 읊조렸다. '정의' '지구' '수호'가 들어간 문장을 몇 개 말한 다음 그는 세트 뒤쪽으로 돌아가 질주하더니, 뛰어올랐다. 물론 영화 속의 슈퍼히어로와 달리 배우는 채 1미터도 뛰지 못하고 앞으로 쓰러졌다. 꼴사나운 모습이었다.

"고전적인 방식이라면, 이렇게 촬영을 해서 그래픽을 덧입혀야 하거든."

세트가 저렇게 촌스러운 형광빛 초록색으로 도배가 되어 있는 것은 철저히 실용적인 이유 때문이었다. 최대한 사용되지 않을 색을 골라서, 나중에 그래픽을 씌울 때 컴퓨터가 그 색으로 된 공간을 쉽게 잘라낼 수 있도록 하기 위함이리라. 곧 영원은 그 장면에 그래픽을 덧씌운 장면으로 전환했다.

기분 나쁜 초록색으로 번들거리던 공간은 어느새 빙하가 솟아오른 남극의 시퍼런 바다로 변해 있었다. 어설프기 짝이 없는 배우의 몸짓은 하나하나 절도 있게 바뀌었다. 마지막에 뛰어오른 그는 볼썽사납게 쓰러지지 않고 하늘로 솟아올랐다. 영원은 입술이 살짝 벌어진 도영의 얼굴을 주시하며 미소 지었다.

"이런 데서 연기하는 거 진짜 힘들거든. 몰입도 안 되고요. 우리랑 함께 일하는 배우들도 다 힘들어해요. 그 사람들이라고 연기에 뜻 없었을까."

"상무님, 하지만, 이번 영화는 이렇게 많은 그래픽이 필요한 건 아니잖아요?"

"도영 씨, 촬영하는 것보다 그래픽으로 만드는 게 훨씬 싸게 먹힌다니까. 이전부터 중요하지 않은 역할의 인물은 CG로 만들고 있었어요. 요즘 연극하고 있죠?"

"어떻게 아셨죠?"

"찾아가서 보았지요. 저는 개인적으로 도영 씨의 오랜 팬이에요. 그런데 사고 이후로 묻혀버린 게 너무 안타까웠어요. 연극도 좋지만, 요즘 시대에 누가 연극을 보나요. 이건 제 개인적인 욕망이에요. 스크린에서 그 커다란 눈이 빛나는 걸 다시 보고 싶다는 거. 나 같은 생각 하는 사람 많을걸요. 과거에 스타로 살던 때가 그립지 않나요? 나는 도영 씨가 그때처럼 유명해졌으면 좋겠는데."

도영은 숨을 헛들이켰다. 성영원이 하는 말이 완전히 거짓인 것 같지는 않았다. 자기를 기억해주는 것만으로도 고마운 일이기는 했다. 하지만 이 제안은 본질적으로 모욕이었다. 그의 가슴이 묵직한 납을 채워 넣기라도 한 것마냥 끝없이 무거워졌다. 당장이라도 그 납덩이가 가슴을 뚫고 바닥에 내려꽂힐 것 같았다. 뭔가를 눈치챘는지 영원이 다시 싱긋 웃으며 말했다.

"아, 내가 돈 이야기를 안 했네요. 그게 제일 중요한데. 일단, 계약금은⋯." '원'과 붙기에는 상당히 어색하게 느껴지는 숫자가 흘러나왔다. "정도로 생각하고 있어요."

강도영은 바들바들 떨면서 고개를 천천히 끄덕였다. 배우보다 적은 관객이 찾던 소극장을 기억했다. 다시는 기회가 없을지도 몰랐다. 차마 대항할 수 없었다. 그는 이다지도 약한 사람이었다.

*

영화 제작에 도영은 딱 47분 23초 참여했다. MRI를 닮은 원통 안에 들어가서 신체의 형태를 스캔하고, 지시하는 문장을 그대로 따라 읽는 것을 녹음하는 게 다였다. 비나인 스튜디오에서는 새로 얻은 자료와 어린 시절의 정보를 뒤섞어 재현한 도영의 청소년기 얼굴과 목소리를 보내주었다. 도영으로서는 인정하기 싫었지만, 실제 도영과 전혀 차이가 없는 모습이었다.

영화가 제작되었던 지난 10개월간, 도영은 촬영을 핑계로 극단에서 나와 세계를 일주했다. 비나인 스튜디오에서 준 돈으로 촬영 알리바이를 만들고자 했던 것일 뿐인데, 여행을 다니다 보니 스트레스도 많이 풀리고 체력도 한결 좋아진 느낌이었다. 도저히 잘 받지 않던 술도 잘 받기 시작했다.

그동안 한국과 닿은 유일한 끈은 권나영뿐이었다. 도영은 나영이 자신에게 그 기쁜 소식을 가장 처음 전한 사자처럼 느껴져 특히 각별했다. 일로 치자면, 나영도 나름대로 경력을 이어가고 있었고 그 재능을 알아본 사람들 덕에 더 이름난 극단으로 옮겨 갈 수 있었다.

도영은 나영에게 왜 서울로 가지 못하는지, 정확히 어디에 있는지 자세히 설명할 수는 없었다. 대신, 성영원이 신경 써준 알리바이를 써먹었다. 영화사에서 촬영, 아니 렌더링한 장면의 스냅숏을 조금씩 보내준 것이 있었다. 그 사진들을 늘어놓으며 비밀 유지 조항 이야기를 하면 충분히 둘러댈 수 있었다. 영화 배경이 서울인데 촬영지는 영남이라니, 좀 우습긴 했지만.

비나인 스튜디오의 신작 〈서울살이〉는 2042년에 개봉했다. 서울의 한 소년이 성인이 되어가는 과정을 그린 담담한 성장 드라마였는데, 아트하우스에 어울리는 물건이었다. 템포도 조금 느렸고, 주제도 성찰적이었으며 액션은 전무했다. 비나인 스튜디오의 행보와 맞지 않는 작품에 사람들은 당황했다.

하지만 그런 건 아무래도 괜찮았다. 훌륭한 이야기가 있었고, 그 이야기를 잘 받쳐주는 그림이 있었다. 그것은 컴퓨터그래픽으로 재현된 어린 도영이었다. 비나인 스튜디오가 광고한 그대로였다. 시야를 꽉 채운 화면 중앙에 뜬 도영의 눈동자, 그 눈동자는 모든 것을 빨아들일 것처럼 까맸다. 영화는 상업성과 작품성을 동시에 잡은 흔치 않은 수작의 반열에 드는 데 성공했다.

그리고 성인이 된, 진짜 강도영. 10년 넘는 세월 만에 돌아온 그는 잘 컸다. 타고난 매력은 감쇠했지만, 스크린 속의 그는 충분히 성숙한 모습으로 연기를 잘 해냈다. 사람들은 화면을 뚫고 나올 듯한 강도영의 강렬한 정서를 보면서 감탄했다.

도영은 귀국하고 2주 정도 눈코 뜰 새 없이 바쁜

하루하루를 보내야 했다. 여러 이름난 개인 방송인들과 방송국들에서 그를 찾았다. 방송에서 도영은 이제 얼굴도 잘 기억나지 않는 부모의 이야기를 하며 눈물짓고, 재활하느라 정신이 없었던 성장기의 고민을 적당히 창조해서 털어놓았다. 이번에도 진실성은 전혀 문제가 되지 않았다. 사람들은 이야기가 있는 유명인을 좋아했다. 그런 인터뷰나 방송 출연 따위가 도영이 한 일 중 보통의 배우가 하는 일과 그나마 가까웠다. 그것까지 그래픽으로 때울 수는 없으니까.

도영이 구질구질한 옷을 입은 채로 편의점에 맥주를 사러 가던 어느 밤, 정확하게 도영의 방향으로 어떤 사람이 달려왔다. 그 간절한 눈을 본 도영은 자기 뒤에 붕어빵 장수라도 있나 싶어 슬쩍 뒤돌아보았는데, 아무도 없었다. 그 사람은 도영의 앞에 서서 간절하게 그를 바라보았다.

"강도영 배우, 맞죠?"

"어, 네. 그런데요."

도영은 멋쩍게 웃었다. 그 사람은 반짝이는 표정으로 도영을 바라보고 서 있더니, 품에서 태블릿을 꺼내 스타일러스 펜과 함께 건넸다.

"혹시 사인 하나만 받을 수 있을까요?"

"아, 물론이죠."

도영은 멋쩍게 웃으며 답했다.

"감사합니다, 정말요."

"아뇨, 뭐. 제가 감사하죠."

도영은 태블릿 위에 날렵하게 서명을 그려 넣었다. 어릴 때 쓰던 모양이 있었지만 잘 기억이 나지 않아, 대충 카드 결제를 할 때 쓰는 서명을 조금 더 흘려서 썼다. 도영의 팬은 태블릿을 소중하게 바라보더니 몇 마디 묻고 다시 가던 길을 갔다. 그가 시야에서 사라지기 전에, 도영은 뒤돌아 한 번씩 웃어주었다. 그제야 가치 있는 사람이 되었다는 확신이 들었다.

*

1년 만에 도영과 나영은 밤의 강남에서 재회했다. 도영은 사람들의 눈을 피해 마스크를 끼고 나타났다. 서로 눈이 마주치자, 나영은 반가움에 큰 미소를 지었다. 온라인으로 미주알고주알 온갖 이야기를 나누어왔지만서도, 실제로 얼굴을 마주하자 둘은 현실의 묵직

한 무게감을 느꼈다. 곧 둘은 한 바에 들어갔다. 서로 얼굴을 마주 보는 게 좋을 것 같아 테이블 자리에 앉았다. 도영은 도수가 상당히 높은 칵테일을 주문했다. 나영이 그 꼴을 보고 핀잔을 줬다.

"선배, 재기했다고 너무 기고만장한 거 아냐, 술도 못하면서?"

테이블에 설치된, 여섯 개의 로봇 팔을 가진 바텐더 로봇이 정밀하게 움직이는 꼴을 바라보면서 도영은 말했다.

"요새는 그냥 취하고 싶더라고. 일정 때문에 하도 마시다 보니까 술도 세졌고."

로봇이 완성된 술을 내놓았다. 마스크를 벗은 도영은 피식 웃고 그의 앞에 놓인 값비싼 술을 꼴깍꼴깍 마셨다. 여섯 개의 팔이 정밀 제어의 마법으로 만들어낸 칵테일은 제법 깔끔했다.

"와, 정말 사람이 변했네. 맥주만으로도 취하던 사람이. 영화 찍으면서 하도 술 많이 먹여서 그렇게 된 거? 몸에 무리는 안 가?"

"응? 아냐, 아냐. 스태프분들은… 다 친절하지."

나영은 도영이 말을 살짝 흐리는 것을 감지하지

못했다.

"난 오늘 선배 영화 3회차 했다. 한국에서 제일 좋은 아이맥스돔서."

"뭘 세 번씩이나 봐, 민망하게…."

"솔직히 말해서, 선배 연극할 때보다 훨씬 잘하던데. 역시 영화가 체질인 사람이 있나 봐."

"체질은 무슨…."

도영은 잔을 들어 살짝 손목을 돌렸다. 잔에 찬 커다란 얼음 큐브가 달그락댔다. 그는 이번에도 도수가 높은 술을 한 잔 주문했다. 잠시 정적이 돌았다. 도영은 말을 돌렸다.

"그나저나, 보고 싶었어. 오랜만에 보니까 좋네."

"이 사람이 이제야 친구의 소중함을 아네."

"그래. 너도 햄릿이지, 이제."

나영이 잔을 들면서 웃었다.

"그치. 나 이제 주인공이야. 주인공."

분명히 들은 소식인데도 딱히 질리지가 않았다.

"나는 네가 햄릿에 나온다길래, 당연히 오필리아인 줄 알았어."

"요즘 세상에 셰익스피어를 누가 각색 없이 걸

어."

둘은 경쟁적으로 비싼 술을 비워대기 시작했다. 나영이 촬영 현장의 이야기를 묻기도 했지만, 온라인으로 연락할 때 항상 그러던 것처럼 도영은 그 이야기를 하지 않고 주제를 바꿨다.

그리고 이어진 시시껄렁한 이야기들과 가볍게 스치는 웃음들. 어차피 온라인으로 항상 하던 말이라서 새로울 것도 없었는데, 만나니까 둘은 대화가 더 잘된다는 느낌을 받았다. 알코올의 마력인지 아니면 현실감의 마력인지.

세 시간 뒤, 둘은 꽤 취한 채로 건물을 빠져나왔다. 예전 같았으면 취해도 현실을 멀쩡히 분별할 수 있는 나영이 도영을 질질 끌고 갔겠지만, 이제 도영은 균형을 유지한 채로 똑바로 서 있을 수 있었다. 도영은 곧게 서서 핸드폰으로 자율주행 택시를 호출했다. 나영이 그걸 보고 준엄한 평가를 내렸다.

"오, 강도영… 이제 내가 집까지 안 데려다줘도 되겠네?"

"그래, 너한테 그동안 폐 많이 끼쳤다, 권나영. 이제 좁은 방에서 억지로 박혀 잘 필요 없어."

짧은 침묵.

"그렇게 불편하진 않았는데. 택시 같이 타는 거
지?"

"혜화?"

나영이 고개를 끄덕였다. 곧 하얀 택시 하나가
그들 앞에 부드럽게 멈췄다. 도영이 손짓하자 나영이
먼저 택시 안에 들어갔다. 도영은 뒤따라 들어가 문을
닫았다. 거리의 소음이 갑작스럽게 잦아들었다. 둘 외
에는 아무도 타지 않은 택시가 부드럽게 가속했다.

도영은 먼저 들어간 나영이 자신을 뚫어지게 바
라보고 있는 것을 알았다. 나쁘지 않았다.

"눈."

나영이 도영의 얼굴에 손을 뻗었다. 도영은 온
기를 느끼며 눈을 감았다.

"눈 보여달라구."

도영은 다시 눈을 떴다. 나영은 그 눈을 보고 나
직이 속삭였다.

"어떻게 이렇게 눈이 크고 깊을까. 안에 심연을
담고 있는 것 같아."

"고마워."

"이번 영화, 정말 좋았어. 저번에 네가 어린 너랑 지금의 너랑 다른 사람이라고 징징 짤 때, 내가 같은 사람이라고 말했지?"

도영은 말하지 않고 그저 고개를 끄덕였다. 택시 안은 어두웠는데 도영은 나영의 동공에 빛이 반사되는 것을 보았다. 진실인지 아니면 분위기가 만들어낸 착시인지.

"같은 사람 맞아. 그리고, 그때보다 훨씬 나은 사람이야. 영화에 어린 너만 있었으면 이렇게 잘되지 않았을 거야. 네가 한 연기도 똑같이 생생하고 아름다웠어. 자라면서 넌 잃은 게 없어."

"나, 나는…."

나영이 말을 끊었다.

"왜 이렇게 부끄러워해? 나 네 연기 너무 좋았어. 아직 네 전성기는 시작도 안 했어. 어린 시절에 너무 얽매이지 않아도 돼."

말을 끝마친 나영이 도영을 안았다. 도영은 뭔가 할 말이 있다는 듯 잠시 움찔거리다가, 포기하고 포옹에 화답했다. 곧바로 이어진 입맞춤은 부드럽고, 딱딱했다. 시트러스와 알코올 냄새가 풍겼다. 술을 탓하고 적당히 묻어두기에는 너무 멀리 나간 밤이었다.

*

다음 날 둘은 거의 동시에 일어났다. 나영의 자취방, 좁은 침대 위였다. 이전에 도영의 좁은 방에서 서로 가능한 한 멀리 떨어져 잘 때랑 별로 거리의 차이는 없지만, 자세가 달랐다. 잠시 기억과 현실과 세상과 하여튼 그들을 둘러싼 여러 많은 것들을 부정하던 그들은 현실을 받아들이기로 했다. 어쨌든 수많은 인간관계는 스위치를 껐다 켜는 것처럼 갑작스럽게 국면이 전환되곤 하고, 둘의 마음속에 어떤 불씨가 없었다고 말하면 그것도 거짓말일 테지.

30분 동안 어제를 1일로 해야 할지 아니면 오늘을 1일로 해야 할지 논쟁을 끝마친 다음 도영은 자취방을 빠져나왔다. 대로로 나가자 그를 알아보고 수군대는 사람이 있었다. 그는 고개를 푹 숙였다. 너저분한 상태로 사람들에게 모습을 드러내고 싶진 않았다. 그런 와중에도 뿌듯했지만, 아무래도 아직은 좀 어색했다. 언젠가 이런 일이 있을 거라고 마음 깊은 곳에서 생각하고는 있었지만. 나쁘지 않았지만. 아니, 상당히 기분이 좋고 설레지만… 찝찝했다. 씻지 않았기 때문일까?

도영은 막 호출한 자율주행 택시에 올라탔다. 주소를 입력하고 나자 주머니 안에 있는 핸드폰이 울렸다. 핸드폰을 꺼내 화면 전면에 떠오르는 이름을 보았다. 성영원이었다. 도영은 핸드폰을 귀에 가져다 댔다.

"여보세요. 도영 씨? 한국이죠? 얼마 전에 방송에서 봤는데."

일전의 그 카랑카랑한 목소리가 다시 들려왔다. 그러고 보면 도영은 스캔을 끝낸 이후 한 번도 그를 다시 본 적이 없었다. 지금 어디에 있는지도 모를 정도로 둘은 연락할 일이 없었다. 하긴 그럴 만도 했다. 도영은 영화의 완성된 각본조차 받아보지 못했다.

"아, 네, 상무님. 돌아온 지 좀 됐어요."

"그렇군요. 덕분에 아주 잘되고 있어요. 나는 아카데미에서 외국어 영화상을 탈 것 같은데? 도영 씨도 요즘에 부르는 사람들이 많죠?"

"네. 제가 상무님한테 감사하죠."

"나는 그저 팬일 뿐이지, 뭐. 자기가 잘난 거지…. 아, 그런데 지금 혼자예요?"

최 구

조금 전까지 명랑하던 목소리가 일순 바뀌는 것을 듣고 도영은 등줄기가 싸해지는 것을 느꼈다. 왜 이 사람은 분위기를 이렇게 급격히 전환하는 것을 좋아하는지 모를 일이었다.

"네, 혼자예요."

"〈서울살이〉의 반응이 상당히 좋아요. 회사 사람들은 도영 씨랑 계속 일하길 원하고요."

"어, 일 이야기인데 만나서 하지 않으시고."

"자기랑 만나기 전에 간략히 이야기해두려고 그러지. 일정도 잡고. 일정 관리 스스로 한다고 들었는데."

"별것도 아닌걸요."

"좋아요. 2주 뒤에 집 앞으로 모시러 갈 테니, 식사나 하면서 이야기하자고요. 준비해둔 게 많아요. 후속작도 있고, 새 영화도 있고."

도영은 영원의 목소리가 멀어지는 것을 느끼고 다급히 말했다.

"잠깐만요, 상무님, 제가 지금은 조금 힘들 것 같은데."

"왜, 계속 일 안 할 거야?"

"아뇨, 그런 건 아닌데. 음… 제 말은."

왜 내가 멍청한 짓을 하고 있지? 강도영은 답답했다. 비나인 스튜디오와의 거래에서 밑지는 것은 없었다. 한 시간 정도 신체를 스캔하고 나면, 알아서 영화가 뚝딱 만들어졌다. 아니, 후속작부터는 스캔할 필요도 없을 것이다. 이제 스튜디오의 인공지능은 도영보다 더 도영의 몸에 대해 잘 알고 있을 테니까. 도영은 머리를 한 번 흔든 다음, 숨을 가다듬고는 핸드폰에 대고 말했다.

"상무님, 혹시 다음엔 제가 진짜로 연기를 해볼 수 있을까요?"

도영은 왜 자꾸 엉뚱한 말을 하는지 스스로 이해할 수 없었다. 혼란스러운 와중에 하나 확실한 건 마음속에 계속 권나영의 얼굴이 떠오른다는 것뿐이었다.

성영원의 코웃음이 들렸다.

"도영 씨, 그런 사람으로 안 봤는데 유치하네. 연기는 무슨 연기야. 우리 스튜디오엔 이제 그런 거 하는 사람들 없어요. 쓸데없는 지출에 찬성할 임원도 없고. 이제 새 시대가 열리는데 언제까지 카메라 잡고 있을 거예요. 얼굴에 대한 권리만 주면 돈 준다는데 그게 싫어요?"

"전, 저는 그런 게 아니라… 저는 배우인걸요."

"이봐요. 도영 씨는 운 좋은 거예요. 언제까지 얼굴을 빌려주는 사람이 필요할 것 같아요? 이 세상에 없는 사람 얼굴, 만들려면 얼마든지 만들 수 있어요. 지금은 과도기라 알려진 배우들의 얼굴을 쓰는 거고. 시쳇말로 하면 도영 씨 지금 운 좋게 꿀 빨고 있는 거잖아? 여기서 누가 갑인지 한번 잘 생각해봐요. 그럼 2주 뒤에 봅시다."

*

"어, 저 사람 배우 닮았다. 그 영화에 나온⋯."

쑥덕대지만 다 들리는 목소리를 뒤로한 채, 도영은 고개를 푹 숙이고 빨리 걸었다. 도망치듯 엘리베이터에 타고 닫힘 버튼을 눌렀다. 문이 열리고 현관이 보였다. 종종걸음으로 집 안에 들어갔다. 아직 적응이 완벽히 되지 않았지만, 보금자리로 돌아오니 좋았다. 당장이라도 쓰러질 것처럼 핑핑 돌던 세상이 조금은 요동을 멈춘 기분이 들었다.

지저분한 몸을 씻고 나서 도영은 침실로 들어가 침대에 쓰러지듯 누웠다. 천장을 주시하다가, 눈을 잠시 감았다 떴다. 도영은 상반신을 일으켜 머리판에 몸을 비스듬히 기댔다. 벽면의 고급 범용 스크린 옆에 상패와 사진 액자가 예닐곱 장 보였다. 어린 시절 사진들이었다. 가끔 얼굴도 기억나지 않는 어머니의 품에 안겨 카메라를 바라보고 있는 여덟 살의 도영, 6·25 직후의 사회상을 연기하느라 누더기를 입고 있는 열 살의 도영, 사고가 일어나기 며칠 전에 찍은, 평상복을 입고 활짝 웃는 열한 살의 도영.

그는 입을 열어 인공지능 비서에게 명령했다.

"디스크에 있는 〈서울살이〉 보여줘."

"네. 시행합니다. 조명을 끄겠습니다."

스크린이 번쩍이고 로고 몇 개가 지나가는 동안 도영은 냉장고에서 캔맥주를 하나 가져왔다. 침대에 다시 기대 영화를 관람했다. 익숙한 장면들이 스쳐 지나갔다. 스크린 속의 강도영은 강도영 자신보다 더 진짜 같았고, 영화 속의 세상에 정말로 존재하는 것처럼 보였다.

그럴 수밖에 없을 것이다. 그 강도영은 현장에서 칭얼거리지도 않고, 바닥에 드러누워 엄마를 찾지도 않고, 갑자기 열이 펄펄 치솟아서 일정을 엉망으로 만들지도 않았으리라. 상당히 극단적인 장면에도 문제없이 등장시킬 수 있었을 테고, 외우기 힘든 긴 대사를 손쉽게 늘어놓게 할 수도 있겠지.

어른의 모습이라고 다를 바는 없었다. 영화 속의 그는 너무나 자연스러웠다. 도영은 거울 속의 자신을 볼 때는 전혀 감지할 수 없던 어떤 아우라를 느꼈다. 마음 한편에 솟는 질투감에 잠시 당황했다.

시각효과가 영화 제작자들의 표현의 폭을 넓히고 장면을 다채롭게 꾸미는 역할을 넘어, 영화 그 자체가 된 것이었다. 도영은 소리 질렀다.

"꺼, 꺼. 보기 싫어."

방 안이 어둠으로 가득 찼다. 도영은 이불 속으로 파고들었다.

그때 핸드폰이 울렸다. 도영은 이불 밖으로 한 손을 꺼내 머리맡을 더듬어 핸드폰을 잡아챘다. 집에 잘 들어갔는지 묻는 권나영의 메시지가 화면에 떠 있었다. 도영은 그것을 잠시 멍하니 바라보았다. 그제야, 자신이 느끼는 그 찝찝한 기분의 근원을 깨달았다.

어차피 그는 연기를 좋아한 적이 없었다. 좋아하지 않으니 잘할 수도 없었다. 어릴 때는 연기가 좋았

던 게 아니라 인기가 좋았던 거고, 재활이 끝난 다음에
는 자신이 인기와 연기 중 좋아하는 것을 착각해서 연
극을 한 것일 뿐. 하지만 권나영은? 도영이 보기에 나영
은 자신이 가지고 있지 않은 진정한 열정을 가지고, 그
야말로 진짜를 추구하는 사람처럼 보였다. 하긴 연극에
후처리 효과를 도입할 수는 없는 일이다. 누군가한테
조언을 구할 수도 없었고, 나영에게 비밀을 털어놓을
수도 없었다.

*

　일주일이 지났다. 초연의 막이 올라가기 한 시간
반 전에 도영이 도착했다. 핸드폰으로 메시지를 보내자
나영이 살짝 빠져나와 극장 로비에 있는 그를 찾았다.
도영이 손을 들자 정장을 입은 나영이 성큼성큼 다가왔
다. 허리춤에 찬 권총집이 조금씩 흔들렸다. 어깨까지
내려오는 머리를 뒤로 질끈 묶은 채였다. 그는 도영 앞
에서 세련되게 한 바퀴 빙글 돌았다.

　"어때? 너를 구하러 온 공주 같아?"

　도영은 미소 지었다.

"네가 햄릿이라는 거 빼고 절대 안 가르쳐주더니, 완전 현대극으로 재창작한 거야? 정장에, 권총에. 어쨌든 멋있다. 너 연기하는 거 1년 만에 보게 되네. 얼마나 발전했는지 볼까?"

"직접 보고 판단해. 나 들어가봐야 하니까, 빨리 사진 찍자."

나영이 도영의 어깨를 오른쪽 팔로 감쌌다. 키가 훨씬 큰 나영이 그렇게 조이고 들자 도영은 약간 숨이 막혔다. 캑캑거리면서, 도영은 주머니에서 핸드폰을 꺼내 셀카를 한 장 찍었다. 사진 속에서는 둘 다 웃고 있었다. 사진을 확인한 뒤, 나영이 도영에게 속삭였다.

"나, 그리고, 충격적인 소식 하나. 진설후 감독한테 메일 받았다. 이번에 나 보러 온다고! 내 연기가 너무 마음에 든다는 거야!"

도영의 눈이 동그래졌다. 그도 최근부터 유명해지고 있는 그 영화감독의 이름을 잘 알고 있었다. 도영은 살짝 목이 멘 채로 말했다.

"나영아, 너무 잘됐다. 진짜 잘될 줄 알았어. 네가 얼마나 열심히 하는데…."

"흐흐, 고마워. 오늘 잘 봐줘. 저번에 보던 나랑

확연히 다를 거니까."

"다르다고?"

나영은 답하지 않고 도영에게 얼굴을 들이밀었다. 갑자기 다가온 나영의 얼굴에 도영은 정신을 못 차렸다. 순식간에 재빠른 입맞춤이 끝났다. 언제나처럼 시트러스 향이 났다. 나영과의 관계가 어떻게 되어도 이 강렬한 시트러스 향은 평생 잊지 못할 것 같다는 느낌을 받았다.

나영은 바람처럼 사라졌다. 도영은 그의 잔상을 떨치지 못하고 멍하니 서 있다가, 정신을 차리고 관객석 안으로 들어갔다. 어두컴컴한 곳에 있는 것이 좋았다. 성영원과 통화한 이후로, 누군가 자신을 알아보는 게 이상하게 마음에 들지 않았다.

*

커다란 무대 위에 깔끔하게 정장을 차려입은 권나영이 섰다. 변호사 같은 옷차림이라고 도영은 생각했다. 다른 배우들도 마찬가지였다. 하지만 그들은 뻔뻔하고 예스러운 어조로 대사를 주고받았다. 나영의 옆에는 또 다른 배우 한 명이 서 있었다. 그는 햄릿의 오랜 친구인 호레이쇼 역할이었다.

나영의 연기는 1년 전에 보았을 때보다 훨씬 나아졌다. 도대체 무엇이 그 차이를 만드는 건지, 수많은 좋은 예술이 그렇듯 도영은 콕 짚어서 말할 수는 없었다. 이전에는 단지 최선을 다해 열심히 하는 것처럼 보였다면 이제는 재능 있는 배우가 자연스럽게 빛나는 것처럼 느껴졌다. 도영은 무거운 마음으로 찬탄했다.

백 명 남짓 되는 관객들이 모두 알고 있는 장면이 곧 시작되었다. 햄릿과 호레이쇼가 억울하게 죽은 왕의 유령을 직접 만나고, 복수를 부탁받으리라. 햄릿의 이야기 자체가 바뀐 것 같지는 않았다. 후에 햄릿은 동생이 자신을 죽이고 왕위를 찬탈했다는 유령의 말을 믿을지 말지 번민하고, 복수를 이루지만 스스로도 파멸하겠지.

하지만 달랐다. 호레이쇼는 무대 위의 랩톱 앞에서 뭔가를 빠르게 타이핑하더니 말했다.

"공주님, 드디어 발견했습니다!"

갑작스레 무대 위에 입체 홀로그램 영상이 나타났다. 푸르게 번뜩이는 여왕의 모습이었다. 이미 2030년대에 고전적인 기술이 된 홀로그램이지만 관객들은 잠시 숨을 멈췄다.

권나영, 혹은 햄릿이 그것을 보고 외쳤다. 상당히 과장되고 어쩌면 우스꽝스러운 대사일 수 있지만, 그 무대 위에 서 있는 사람이라면 정말로 그렇게 외칠 법한 말이었다.

"하느님, 우리를 지켜주소서! 그대는 누구인가? 사람인가, 인공지능인가? 그대 모습을 보니 차마 말을 걸지 않을 수가 없구나. 오, 덴마크의 여왕, 햄릿이시여, 대답하라. 나를 의혹에 빠뜨리지 말고, 죽어서 땅속에 묻힌 사람이 어찌하여 사이버스페이스에 접속 중인가?"

홀로그램이 조금씩 움직여 손짓했다. 그 손짓을 따라 알 수 없는 URL이 나타났다. 관객들은 조금씩 짐작하고 있었지만, 그 장면부터는 완전히 이해할 수 있었다. 단지 성별만 바꾼 것이 아니라, 각본을 현대 세계와 교묘히 접합하여 재창작한 것이었다.

호레이쇼가 안 된다고 만류했지만, 햄릿은 그 주소로 접속했다. 그러자 랩톱의 화면이 갑자기 무대 전체에 떠올랐다. 덴마크의 여왕, 햄릿의 어머니가 햄릿의 이모에게 살해당하는 동영상이었다. 영상이 끝나자 홀로그램이 말을 이었다.

"비겁하기 짝이 없는 네 이모에게 복수하라."

그리고 길게 이어지는 죽음의 이야기들.

"스크린이 불길하게 깜박이는 것을 보니 저장 용량이 다했나 보구나. 잘 있거라, 내 딸. 나를 잊지 말거라."

홀로그램이 흐려지고, 햄릿이 무릎을 꿇고, 하늘을 보고 원통하게 소리 질렀다.

"그대를 잊지 말라고? 그러마. 내 기억의 여백에서 하찮은 기억들일랑 지워버리자. 격언이며 지식, 과거의 인상들은 지워버리고 오로지 그대의 명령만을 기억의 갈피에 남겨두리라. 진정으로 하늘에 걸고 그토록 악독한 여인이 있는가! 내 수첩에 똑똑히 적어두리라. 그 악당, 얼굴에 태연하게 미소를 띠고 그런 악당도 있다는 것을."

도영은 나영이 기나긴 대사를 오차 하나 없이 외우는 것을 보고 감탄했다. 지루할 수도 있는 과장된 말들이 나영의 풍부한 표정과 인상 깊은 목소리를 입으니 우아하고 세련됐다. 괜찮은 공간과 무대는 이전의 소극장들보다 훨씬 큰 그릇이었고, 나영은 자신의 만개한 재능을 더욱 화려하게 뽐낼 수 있었다.

그 후 극은 원래의 햄릿과 비슷하지만 분명한 차이를 유지하면서 전개됐다. 햄릿은 어머니의 복수를 이루기로 다짐하며 기회를 얻기 위해 미친 척을 하지만, 동시에 귀신을 의심한다. 본 극에서 악마가 아버지의 유령 모습을 취하지 않았나 방황했다면, 이 극에서의 햄릿은 홀로그램과 살해 영상, 모든 것이 조작이 아니었나 의심하기 시작하는 것이다.

도영은 의문을 품었다. 그렇다면 그 조작을 어떻게 입증한단 말인가? 본래는 햄릿이 살해 장면을 재연한 연극을 보여주고 숙부를 동요케 할 것이다. 그걸 어떻게 각색했을까? 서부극 스타일의 권총 결투를 벌일까, 아니면 SNS에 구구절절한 이야기를 올릴까?

그 답은 햄릿의 방백으로 직접 들을 수 있었다.

"맞아, 살인죄는 비록 입은 없어도 행동으로 실토한다지 않는가? 애니메이션 회사에 시켜 어머니의 살해 장면을 이모 앞에서 재현하도록 해보자. 그때 안색을 살펴 급소를 찔러보자. 움찔할 때는 망설일 필요가 뭐 있겠어. 하지만 그렇지 않다면 그 홀로그램과 영상은 해커의 악행인 거야. 요즘 세상에 영상은 너무나 쉽게 조작될 수 있는 법이지."

*

　　강도영은 한창 연극이 진행되는 도중에 극장 밖
으로 나왔다. 그는 제일 앞자리에 있었고, 분명히 나영
이 알아보았겠지만 도저히 참을 수가 없었다. 그 자리
에 계속 있다가는 가슴이 터져버릴 것 같았다. 그는 홀
바깥의 벤치에 앉아 애써 구토감을 견뎠다. 아직 대낮
이었다. 지나가던 대학생들 몇몇이 그에게 눈을 떼지
않는 것이 느껴졌다. 도영은 고개를 숙였다.

　　하지만 학생들은 그를 가만두지 않았다. 누군가
그의 이름을 불렀다.

　　"강도영 맞죠?"

　　관심에는 전염성이 있는지, 사람들이 웅성거리
면서 그에게 몰려왔다. 도영은 고개를 살짝 들었다. 열
명 남짓한 사람들이 보였다. 그들 모두가 도영을 아는 것
은 아닌 것 같았지만, 어쨌든 이 기회에 유명인 한번 보
면 나중에 이야깃거리라도 하나 더 생기는 거니까. 도
영은 억지로 입꼬리를 올렸다.

"네. 맞아요."

학생들 중 하나가 유난히 나섰다. 시네필이라도 되는 건지, 그는 오래전의 작품들까지 언급하면서 좋아했다.

"배우님, 저 진짜 꼭 한번 보고 싶었어요. 이번 영화도 너무 좋았어요. 실물이 완전 더 나으시다."

"그건 기술자분들이 다 했는데….".

학생은 새어 나온 진실을 들은 척도 하지 않았다. 이해할 수도 없었을 것이다.

"지켜보고 있거든요, 사인 좀 해주세요. 차기작은 뭐예요, 네?"

도영은 가방에서 태블릿을 꺼내는 학생의 모습을 뜨악한 표정으로 쳐다보았다. 당장이라도 그건 전부 사기에 지나지 않는다고, 지난 1년 동안 신나게 여행이나 다녔다고 외치고 싶었다.

도영은 억지로 웃으면서 학생들에게 사인을 해주고, 하나하나 사진도 찍어주었다. 다들 눈을 크게 떠달라고 부탁했다. 도영이 그들에게 줄 수 있는 것은 그 눈뿐이었다. 그 모습을 보고 다른 학생들도 몰려와서 시간이 꽤 걸렸다.

슬슬 사람들에게 해방될 즈음, 도영은 홀에서 걸어 나오는 사람들을 보았다. 아마도 막 연극을 본 사람들이리라. 도영은 권나영을 상상했다. 자기가 나온 영화를 보고 나를 동경하고 선망하고 사랑하는 그의 모습을 떠올렸다. 나영은 말한 대로 달라져 있었다. 어쩌면, 도영이 영화에 나오는 것을 보고 어떤 자극을 얻었을지도 모른다. 전부 사기일 뿐인데.

그렇게라도 영화에 꿋꿋이 얼굴을 내비친 게 얼마나 어처구니없는 짓인지 새삼 느꼈다. 도영의 전성기는 열한 살에 끝났다. 하지만 전성기가 있었다는 것만으로도 이미 충분한 행운 아닌가? 조금 전에 그의 앞에 서서 찬란한 재능을 뽐내던, 이젠 연인이 된 후배는 이제야 조금씩 세상에 인지되고 있는데, 가짜 자기를 만들어서 진짜 훌륭한 사람의 존경을 받다니. 이건 기만이다. 도영은 비명을 지르고 싶은 충동을 간신히 참았다.

그 모든 것이 사기에 지나지 않는다고 하면 얼마나 화를 낼까. 아니, 분노는 아무렇지도 않았다. 정말로 무서운 것은 경멸과 혐오였다. 나영은 진짜고, 도영은 가짜니까. 돌려놓아야 했다. 진짜가 인정받는 정의로운 세상으로.

강도영은 핸드폰을 꺼내 들었다. 성영원의 이름을 찾아 전화를 걸었다. 뚜, 뚜, 뚜. 곧 익숙한 목소리가 들려왔다.

"어, 도영 씨."

"상무님, 저…."

"사과하려고 전화한 거야? 됐어. 벌써 잊었어. 난 다 이해해. 이제 스물세 살이죠? 원래 그 나이 때는 이상한 생각도 하고 그럴 때야. 가슴속에 열정이 펄펄 끓죠? 현실이랑 타협하는 법을 배워야 크는 거예요. 다음 주에 내가 맛있는 거 먹여줄 테니까, 다…."

도영은 가슴속에 담아둔 말을 꺼냈다.

"상무님, 저 다음 계약 안 할 거예요."

"뭐?"

"제 얼굴 못 드린다고요. 인공 배우 만들어서 쓰든가 하세요."

잠시 동안 아무 목소리도 들려오지 않았다. 도영은 기가 차 핸드폰을 바라보고 있는 영원의 얼굴을 떠올렸다. 한 방 먹인 것일까? 짜릿했다.

"하, 얘가 진짜… 이봐요, 도영 씨. 뭐 당신이 잘나서 당신한테 컨택한 줄 알아?"

"그랬겠죠. 제 얼굴이 필요해서 연락한 걸 테니까. 팬이라면서요?"

"어처구니가 없네. 이름난 배우한테 함부로 제안했다가 욕 볼까 봐 당신한테 말한 거거든. 당신 경력 완전히 으깨져 있어서 불쌍한 사람 하나 구한다 하고 도와준 건데, 선의를 이렇게 갚아요?"

"예, 예. 제가 잘못했네요. 알아서 하세요."

"나중에 실컷 후회하세요. 연극 때 보니까 연기도 형편없더만. 다른 배우들은 다 하는…."

도영은 전화를 끊지 않은 채 핸드폰을 주머니 안에 넣었다. 성영원이 소리를 바락바락 지르는지 주머니 안에서 핸드폰 진동이 느껴졌다. 도영은 씩 웃었다. 가슴속에 있던 불안감이 많이 가셨다. 명청한 짓이 이렇게 시원하다면, 앞으로도 명청하게 살고 싶었다. 괜히 똑똑하고 불안한 일 하지 말고.

그는 나영을 떠올리고, 홀 쪽을 바라보았다. 나영은 관객과의 대화 시간이 있다고 했다. 지금 들어가면 이야기할 수 있을 터였다. 이제는 솔직히 말하고 싶었다. 나는 연기를 잘 못하고, 어릴 때 운이 좋아 반짝한 퇴물일 뿐이고, 나야말로 너를 선망한다고.

　　분명히 최악의 결과도 있을 수 있겠지. 하지만
평생 속이고 사는 것보다는 그 최악이 더 나아 보였다.

　　　　　　　　　　　　*

　　관객석 뒤쪽에 내린 어둠에 스며든 채로 도영은
나영을 바라보았다. 관객과의 대화가 끝난 뒤, 약간 어
수선한 분위기 속에서 나영은 가슴에 붉은 피를 묻힌
채로 진설후 감독과 한창 이야기를 나누고 있었다. 그
붉은 핏자국을 보니 아마 마지막은 칼싸움 대신 총격전
으로 끝났으리라고 짐작할 수 있었다. 이야기가 잘되고
있는지, 나영은 중간중간 환한 웃음을 지었다.
　　보기 좋았다. 잠깐 그 표정 때문에 번민이 들기
도 했다. 지금 진 감독이랑 좋은 이야기를 해서 최상의
상태인데 내가 기분을 망쳐놓는 건 아닐까? 하지만 달
리 생각해보면, 지금 기분이 좋으니까 이해를 잘 해줄
지도 모르지. 한 사람이 타인의 반응을 아무리 재보고
가늠해보아도 한계가 있기 마련이었다. 가장 확실한 것
은 직접 반응을 보는 방법뿐.
　　나영과 인사를 나누고 진 감독은 웃는 표정으

로 극장 밖으로 걸어나갔다. 어둠 속에 몸을 숨기고 있던 도영이 천천히 환한 무대 쪽으로 걸어갔다. 계단을 반쯤 내려갔을 때, 둘은 눈이 마주쳤다. 나영의 표정이 급격하게 일그러졌다. 도영은 멈춰 서서 나영이 그에게 달려오는 것을 보았다.

뛰어온 나영이 도영 앞에 섰다. 도영은 고개를 들어 그를 올려다보았다. 나영이 다급하게 말했다.

"미안해, 도영아. 내가 잘못했어."

도영은 생각지도 못한 말에 당혹했다. 당연히, 왜 중간에 나갔냐고 자신을 다그치는 게 먼저일 거라고 예상하고 있었으니까. 벙찐 도영은 입을 살짝 벌렸다. 머릿속에 생각해두었던 대본이 어그러졌다. 나영이 그의 어깨에 양손을 올리곤 말했다.

"내가 생각이 짧았어. 힘들었지? 내가 너 부모님 생각을 했어야 했는데."

도영은 그제야 갈피를 잡았다. 어려서 부모를 잃은 기억 때문에, 어머니를 죽이고 어쩌고 하는 이야기 때문에 충격을 받아 중간에 나간 거라고 나영이 착각을 하고 있는 것이었다. 이미 그 기억은 도영의 마음속에 티도 안 나는 흉터가 되어 있었지만.

"아냐, 괜찮아. 내가 다 못 본 게 미안하지. 꼭 다 보고 싶었는데…."

나영을 안으면서, 도영은 속으로 쾌재를 불렀다. 마음속에서 계산기가 빠르게 돌아갔다. 먼저 나영에게 관용을 보였고, 지금 상당히 기분이 좋은 상태일 테니, 용서받기 딱 좋은 상황일 것이다.

"고마워."

도영은 웃으며 물었다.

"웃어, 바보야. 조금 전에 진설후 감독이랑 이야기하는 거 봤어. 잘된 거지?"

"응. 나 구체적인 이야기 듣고, 만날 날짜도 잡았어."

"그래, 내가 너는 잘될 거라고 항상…."

나영이 도영의 한쪽 팔을 잡았다.

"야, 다른 사람들 보겠다. 따라와."

그는 도영을 질질 끌고 갔다. 다른 사람들이 보고 있을 때는 못 하는 짓을 하려는 모양이었다. 도영은 미소 지으면서 그를 따라갔다. 곧 커다란 홀의 가장 으슥한, 아무 조명도 닿지 않는 곳에 섰다. 역시 입맞춤이었다. 익숙해진 듯하다가도 언제나 새로운 그 느낌과

시트러스 향. 언제나처럼, 도영은 부드러운 나영의 입술과 살짝 긴장한 몸의 대조되는 느낌을 받았다. 그 독특한 느낌이 좋았다. 나영이 그의 귀에 부드럽게 속삭였다.

"나도, 강도영 너처럼 명배우가 될 거야."

그 말이 도영의 가슴에 비수처럼 파고들었다. 도영은 충동적으로 나영을 떨쳐냈다. 그는 숨을 몰아쉬면서 나영을 올려다보았다. 빛이 희박한 공간이었지만, 나영이 의아해하고 있다는 것을 도영은 느꼈다. 말해야 했다. 언제까지 오해하도록 둘 수는 없었다. 좋다, 이 시트러스 향이 마지막이어도 더 이상 기만하고 싶지 않았다.

말을 더듬으면서 도영은 조금씩 털어놓았다.

"나영아. 난 너처럼 잘하지 못해. 솔직히 말할게. 그건 내가 연기한 게 아냐. 다 거짓말이었다고. 내가 영화 촬영 때 뭐 했는지 알면 어처구니가 없을걸? 그건, 그건… 제발, 듣고 날 미워하지 말아줘. 나는…."

도영이 말을 더듬으며 눈물을 흘리는 와중에, 나영이 도영의 입술 앞에 검지를 가져다 댔다.

"쉿, 무슨 말 하려는지 알아. 이해해."

이게 대체 무슨 말이지? 도영은 얼이 빠진 채로

자기보다 한 뼘은 키가 더 큰 나영을 올려다보았다. 나영이 도영의 오른손을 잡더니, 그 손을 자기 뺨 위에 올려놓았다. 도영이 그 자세로 멍하니 서 있자 나영은 그 손으로 입술과 눈 위와 광대를 만지도록 했다. 여느 때처럼 조금은 딱딱한 느낌이 들었다. 나영이 어둠 속에서 속삭였다.

"너 촬영하는 동안 나도 너처럼 되고파서 큰맘 먹고 했어. 페이셜 임플란트. 걱정 마, 큰 영화사에서는 암암리에 쓰고 있다지? 나도 간신히 소개받았어. 영화배우들 사이에서도 잘 안 알려져 있지만, 연극판에서는 아마 최초일걸? 나는 허리에 자세보조장치도 설치했어. 티 잘 안 나지? 좀 딱딱한 거 말고는."

"나는, 나는 무슨 말인지 잘…."

나영이 싱긋 웃더니 주머니에서 핸드폰을 꺼내 들었다.

"오, 대배우님은 안 한 거야? 진짜 아직 잘 모르긴 하나 보다. 그래도 한 번쯤 들어봤을 거라고 생각했는데?"

나영이 핸드폰을 조작하자 그 위에 어떤 인터페이스가 떠올랐다. 나영이 그것을 조작하면서 한 손으로 자기 얼굴을 가리켰다. 핸드폰 액정의 빛이 얼굴의 윤곽을 흐릿하게 밝혔다.

표정이 나타나고 있었다. 도영이 조금 전에 보았던 그 풍부한 표정들이. 아무런 저항도 없이 만들어지는 그 자연스러운 표정은 지금 상황에서 지독할 정도로 위화감이 컸다. 나영은 핸드폰을 끄고 다시 얼굴에 옅은 미소를 지었다. 굳어 있는 도영을 보고 나영은 말을 이었다.

"정말 처음 듣는 거야? 비나인 스튜디오 정도 되는 회사면 쓸 거라고 생각했는데."

처음 듣는 말이었다. 비나인 스튜디오의 스태프들과 마주친 적도, 이야기를 한 적도 없었으니까. 도영은 더듬대며 답했다.

"아, 아니, 그런 건 아니지. 나는⋯."

나와는 다르게, 너야말로 진짜라고 생각했어. 그래서 너를 우상처럼 여겼는데. 도영은 입 안에 맴도는 말을 차마 내놓지 못했다.

"요즘 영화들 그래픽 때문에, 녹색 세트에서 연기하는 게 참 싫다길래. 이것도 뭔가, 그거랑 비슷한 것 같아서."

"맞아. 그런데 너 촬영하는 동안 보내준 거 보고 생각이 바뀌었어. CG로 재현된 네 사진을 보면서 참 놀랍기도 하고, 또 이런 생각이 들더라. 어차피 어느 매체든, 연기라는 건 현실을 제각각의 방식으로 대리해서 재현하는 것인데, 무슨 순수한 게 있고 순수하지 않은 게 있겠나 싶더라고. 좋은 기술 있는 세상에, 고리타분하게 기술을 안 쓸 이유가 뭐야? 따지고 보면 분장이랑 다를 바가 뭐 있겠냐고. 표정이 왜 그래?"

도영은 억지로 입꼬리를 올렸다. 짙게 내린 어둠이 일그러진 표정을 조금이나마 감춰주어서 다행이었다. 나영은 길게 생각하지 않고 말을 이었다.

"지금은 무대 정리 도우러 가야 하니까, 좀 이따 봐!"

나영이 도영의 뺨에 입을 맞춘 다음 무대 쪽으로 사라졌다. 도영은 멍하니 그 뒷모습을 바라보았다. 익숙한 현기증을 느낀 도영은 바닥에 주저앉았다. 그는 마음속에서 질문을 곱씹었다. 왜 나는 너를 내가 생각한 이상에 끼워 맞추고 당연히 그 이상대로 행동할 거라고 착각하고 있었지?

물론 아직 나영에게 완전히 진실을 말한 것은 아

니었다. 하지만 이제 더 이상 솔직할 필요가 없을 것 같았다. 이런 자신의 기만이 얼마나 어리석고 이기적인지 잘 알고 있었지만, 이 상황을 어떻게 더 나아지게 만들 수 있을지는 알지 못했다. 그는 두통을 견디고 멍하니 앉아서, 무대 저편에서 나영이 재잘거리는 모습을 바라보았다. 아름다웠지만 무엇인가 이전과는 다르게 느껴졌다.

도영은 핸드폰을 꺼냈다. 그는 갈라지는 목소리로 핸드폰에게 속삭였다. "성영원 상무에게 전화 걸어!" 영원의 말이 맞았다. 도영은 '꿀 빨고' 있다는 사실을 전혀 부정할 수 없었다. 하지만, 성영원도 얼굴을 빌려줄 망한 배우를 또 찾아내는 것도 귀찮을 것이라고 도영은 마음속으로 자위했다.

제발, 무슨 말을 해도 좋아. 전화만 받아줘.

뚜, 뚜, 뚜. 발신음은 1분간 지속되었다. 도영은 식은땀을 흘리면서 전혀 말이 되지 않는 소리를 중얼거렸다. 끝내 응답하지 않았다.

* 작품 내의 모든 인용문은 셰익스피어 연구회가 엮은 『셰익스피어 5대 희극』『셰익스피어 4대 비극』에서 참조했다.

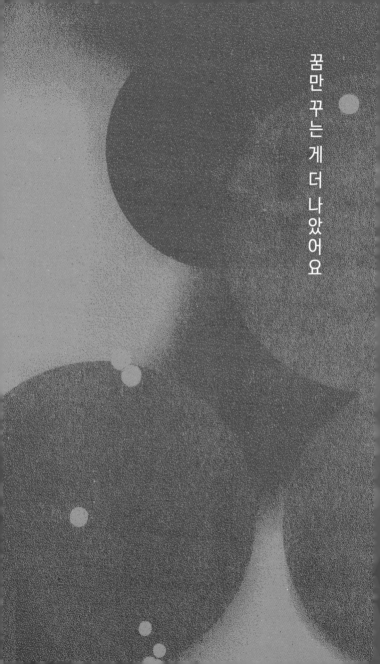

꿈만 꾸는 게 더 나았어요

어린 시절부터 우주비행사가 되고 싶었어요. 고등학교 때까지 희망 진로란에 우주비행사라고 당당히 써넣었다고요. 그 옆에는 부모님이 제게 희망하는 진로로 프로그래머가 쓰여 있었죠.

사람들이 이유를 물으면 제가 되려 다른 사람들에게 묻곤 했어요. 어떻게 우주를 선망하지 않을 수 있는 거죠? 어떻게 중력의 족쇄에서 벗어나 그토록 광막한 공허 속을 둥둥 떠다니는 자신을 꿈꾸지 않는 게 가능하죠? 우리 엄마 아빠야 21세기 초에 태어난 Z세대니까, 프로그래밍만 할 줄 알면 인생사 모든 게 다 잘

풀린다고 믿을 수도 있겠죠. 하지만 우리는 우주개척시대에 살고 있잖아요. 화성에 진짜 마을을 세우고 있고요. 우리 할머니와 할아버지가 인터넷과 함께 태어났듯, 우리 세대는 진정한 우주 개척의 불씨와 함께 태어났어요. 우주적 혁신의 세대라고요.

더 중요한 이유가 있어요. 민망하긴 하지만, 저는 외계인을 보고 싶었어요. 다른 세상에서 태어난 사람들은 우리와 어떻게 다르게 생겼을까, 무슨 생각을 할까 궁금했죠. 우주비행사가 되면 외계인과 접촉할 일도 생기지 않겠어요?

사실 이렇게 말해봐야 무의미한 일이죠. 여전히 우주로 가는 데는 아주 많은 자원이 필요하니까요. 21세기 중순에 초보적인 워프 드라이브가 상용화돼서 더 이상 로켓을 쏘지 않게 되었다고 해도, 우주선 하나 날리는 데 항공기를 수천 번 이상 날리는 돈이 들어요. 그 자원을 헛되이 하지 않기 위해서는 우주비행사들도 최고 중의 최고 엘리트만 뽑을 수밖에 없잖아요.

저는 자기객관화를 어느 정도 잘하거든요. 입실론 델타를 이용한 극한의 엄밀한 증명 이후의 대학 수학은 이해할 수 없고, 근육은 잘 붙는 편이지만 운동신

경이 좀 둔한 편이에요. 그러니 우주를 선망하는 것밖에 제가 할 수 있는 건 없었어요. 아, 공식적으로 그 어떤 우주비행사도 아직까지 외계인을 조우하지 못했다는 사실도 덧붙여야겠네요.

대학에 갈 때 즈음해서 저는 우주비행사라는 꿈을 공식적으로 접을 수밖에 없었어요. 솔직히 말해서 그걸 꿈이라고 할 수 있을지도 모르겠군요. 꿈이라고 한다면 응당 이룰 가능성이 조금이라도 있어야 하는 거 아닌가 싶네요. 그 꿈은 제게 천문학과 항공우주기술에 대한 좀 집착적인 애호만을 남겼답니다.

전 학교에서 심리학을 전공했어요. 우주랑 무슨 상관이냐고요? 저도 흥미를 가진 분야가 여러 개라고요. 사람 마음이 소우주라는 말도 하잖아요. 따라서 사람의 마음을 연구하는 것은 저 우주 너머를 보는 것과 다름이 없다는 말씀이죠. 하하하, 농담이에요.

우주선의 극한 환경 속에서 우주인들이 정신적인 괴로움을 많이 느끼잖아요. 처음엔 그걸 공부하고 싶다고 생각했죠. 우주인들의 정신에 도움이 될 수 있으면 행복할 거라고 생각했거든요.

그런데 이 업계에 들어와보니 별로 산뜻하지 않

더군요. 아니, 오히려 꽉꽉했어요. 취향도 안 맞고. 생각해보면, 그냥 여기저기 지원했는데 심리학과에서 절 받아준 것 때문에 심리학을 좋아하는 이유를 스스로 만들어낸 것 같아요. 심리학에선 이런 걸 사후 확증 편향이라고 한답니다. 이렇게 말하니까 좀 전공자 같나요?

어쨌든 졸업하는 덴 성공했어요. 그리고 나서는 취업을 시도하긴 했어요. 회사에 자소서를 수백 장은 돌렸을 거예요. 우리 엄마 아빠 세대의 단어를 빌리자면, 폭망했죠. 인공지능이 제 자소서를 좋아하지 않았나 봐요. 서류를 통과한 곳도, 말해 뭐 해요. 저는 한국에 회사가 그렇게 많은 줄 몰랐어요. 그리고 그 수많은 회사가 절 안 받아줄지도 몰랐고요. 와, 저는 솔직히 말해서 나름대로 먹고살 방법이 있다고 내심 자신했거든요.

이렇게 광막한 우주에 사람이 빌붙어 살아갈 지구도 있는데, 어떻게 이 수많은 회사 중 제가 들어갈 자리가 없다는 사실이 참 신기했어요. 무슨 그런 생각을 다 했냐고요? 원래 사람은 자기 인생은 뭔가 특별하고, 다른 사람들과는 조금 다른 일이 있을 거라고, 자기가 망하지는 않을 거라고 내심 기대하잖아요. 그리고 인생은 그 기대가 조각나는 하나의 커다란 과정이죠.

하여튼 그렇게 상반기 공채에서 멸망을 맞은 뒤
뭐 해 먹고사나 고민하고 있었거든요. 말이 좋아 고민
이지, 미니 아르바이트 하고 사는 거죠. 자취방에 돌아
오면 침대에 눌어붙어 있고. 미니 아르바이트로 생활비
를 완전히 충당할 순 없으니까 부모님이 주는 용돈이
라도 받고. 다시 고향으로 내려갈까 고민도 했어요. 그
건 대단히 중대한 결정이었어요. 저는 지방 출신이에
요. 한국은 모든 게 서울 중심으로 돌아가거든요. 서울
밖으로 밀려나는 건 제게 있어서 어떤 중대한 실패처럼
느껴졌어요.

바로 그때 위랑 선배한테 연락이 왔어요. 근 1년
만이었어요.

저는 그동안 폰이랑 번호도 바껴서 그 사람 전화
번호도 잃어버렸거든요. 누구세요? 하고 묻자 다짜고짜
수지 맞지? 어떻게 지내? 라고 묻더라고요. 그리고 제가
답하기도 전에, 너 백수지? 나랑 일하고 싶지 않니? 하
더군요.

백수인 거야 당연하지만, 내 번호는 어떻게 알
았담? 그래도 절대 잊을 수 없는 목소리라서 단번에 기
억해냈죠. 그 어떤 성별에도 속하지 않는 듯한 중성적

인 목소리에, 그리고 그 사람 한국어 억양이 대단히 독특했거든요. 사투리도 아닌 거 같고, 그렇다고 외국에서 온 사람들의 한국어와도 다른….

만약 제가 영어를 썼다면 그게 그렇게 특별하게 받아들여지지 않았겠죠. 하지만 한국은 좁기도 하고, 이민자도 적고, 민족주의도 심하고 해서(알아요, 이 모든 것이 서로 맞닿아 있다는 것을) 그런 독특한 억양의 발음에 대한 나쁜 선입견이 있거든요. 근데 그게 전혀 나쁘지 않았어요. 오히려 묘한 매력이 느껴졌죠.

좀 당황스러웠지만 답을 했죠. 위랑 오빠 맞죠? 무슨 일이에요? 그러자 선배가 호탕하게 웃으면서 말했고요. 어디 아파? 목소리에 힘이 없네.

사실 숙취 때문에 머리가 좀 아팠어요.

오랜만이에요. 그냥 백수로 빈둥대며 살고 있죠. 일은 또 뭐예요, 갑자기?

그건 전화로 할 이야기는 아닌 거 같고 말야. 밥이나 먹자. 내가 살게. 너 지금도 회기역 근처 사니? 라고 답이 돌아왔어요. 전 좋다고 말했어요.

어디서 식사를 할지 고민 같은 것도 전혀 필요 없었어요. 위랑 선배가 다음 날 6시에 회기의 한 식당으로 나오라고 말하고 전화를 끊어버렸거든요. 마치 제가 그 시간에 아무 일정도 없는 게 당연하다는 듯 말이죠. 사실 아무 일정도 없긴 했지만. 대단히 반갑기도 했지만 당황했죠. 1년 만에 갑자기 나타나서 일을 하자고? 이 선배가 뭔가 신기한 사람이라는 생각은 해왔지만.

제가 위랑 선배를 어떻게 알게 됐는지부터 설명해야 할 거 같아요. 3학년 때, 프로그래밍 수업을 홀로 수강하다가 위랑 선배를 만났어요. 프로그래밍 수업은 왜 들었냐고요? 진로를 포기하고 나름대로 먹고살 길을 찾아봐야 했으니까요. 융합아트바이오메디컬AI소프트웨어컨버전스엔지니어링학과가 미래적이고 취업이 잘 된다는 이야기를 들었거든요. 그 전공을 들으려면 미리 선수과목을 들어야 했어요. 그중 하나가 C언어 기초였죠. 저는 수업에 들어가면서 나와 같은 생각을 품고 있는 진취적인 문과생들이 많을 거라고 기대를 했어요.

그런데 이게 웬걸. 30퍼센트는 전자공학과 학생, 또 다른 30퍼센트는 컴퓨터공학과 학생, 25퍼센트는 또 다른 이공계 전공에서 온 학생들이었고, 15퍼센트만 나 같은 정말 아무것도 모르는 문과 출신인 거예요. 그러니까 학점을 어떻게 쉽게쉽게 받아보려고 찾아온 스캐빈저들이었던 거예요. 필수 교양수업에서 프 랑스어 기초를 들을 때가 생각났어요. 그 수업에서 A를 받은 사람들은 전부 프랑스에 1년 이상 체류했던 사람 들이었다고요. 교수님은 이런 이야기를 했어요.

먼 전공에서 온 사람들은 혼자서 끙끙 앓지 말 고 근처 학생들한테 물어봐요. 그리고 학생들도 좀 가 르쳐주고. 이럴 때 서로 도와줘야 나중에 그게 인연이 돼서 좋은 일도 생기고 하는 거야.

그런데 민망하잖아요? 융합아트… 전공을 포기 할까 생각하던 차에, 위랑 선배가 보였어요. 위랑 선배 는 저보다 한 학번 높은 심리학과 학생이었죠. 중간에 군대를 갔다 왔는지 휴학을 했는지 저랑 학년이 같았고 요. 사실 그때까지는 저랑 같은 전공에 위랑이란 사람 이 존재한다는 사실 자체를 몰랐어요. 보통 전공 수업 듣다 보면 한두 번 마주치게 되지 않나? 그런데 수업 중 에 그 사람의 모니터를 언뜻 봤는데, 뭔가를 빠르게 치 고 있더군요. 대단히 능숙하게요.

그때는 좀 절박했어요. 처음 보는 선배지만 말 한번 잘해보면 도움받을 수 있을 거라는 생각을 했죠. 한 번도 안 봤어도 어쨌든 같은 학과잖아요? 교수님께

서 하신 말씀 덕에 용기가 샘솟았고, 수업이 끝나자마자 위랑 선배한테 말했어요.

저기, 선배님, 혹시, 그, 오늘 강사님이 하신 말씀도 있고 해서 말이죠. 제가 심리학과거든요. 하하. 근처에 이런 거 하는 친구도 없어서 사실 잘 이해가 안 가거든요. 프로그래밍에 관심을 가진 적도 없고요. 포인터랑 배열이 대체 무슨 상관인지, 참 난해해요. 제가 말을 더듬고 있죠? 밥 사드릴 테니, 한 번만 설명 좀 해주실 수 있을까요.

웃기죠. 그런데 위랑 선배는 아주 즐겁게 웃으면서 그러겠다고 했어요. 저는 한 학기 내내 선배한테 과외를 받다시피 했죠. 선배는 내게 포인터와 배열이 사실 같은 거라는 신묘한 사실을 알려주었고요.

선배는 정말 대단히 똑똑했는데, 제가 선배가 하는 설명을 따라갈 수가 없었어요. 선배의 설명은 지나칠 정도로 어려운 단계로 도약한다는 문제가 있었거든요. 결국 학점은 망했어요. 알고 보니 사회과학대 학생이 융합… 전공을 복수전공 하고자 한다면 4학기 연속으로 학점 석차가 본 학과 상위 10퍼센트 안이어야 하더군요.

어쨌든, 위랑 선배는 좋은 사람이었어요. 그냥 선배랑 같이 있으면 즐거워서 이해 못 해도 개인 과외를 받았고요. 그 이후로 학교에서 마주친 적은 단 한 번도 없지만, 두세 달에 한 번씩 제가 먼저 연락해서 밥도 먹고 그랬어요. 왜 그랬냐면, 과외 도중에 이런 말을 했기 때문이에요.

나는 우주 개척 사업에 관심이 많거든. 학교는 빨리 졸업하고, 그쪽에서 일할 거야.

이런 이유들로 인해 멋있다고 생각할 수밖에 없었죠. 그 선배가 잘생겼단 사실도 빼놓을 수 없군요. 머리가 작고 비율도 좋은데, 눈 색깔이 아주 독특하거든요. 동양인 눈동자는 검게 보여도 자세히 보면 진한 갈색인데… 그 선배는 정말 눈이 어둡고 깜깜했어요. 더 신비하게 느껴졌죠.

저는 대단히 내향적인 사람이거든요. 위랑 선배한테 그렇게 도움을 청한 것 자체가 놀라운 일이었어요. 그런데 위랑 선배는 왠지 말도 잘하고 다른 사람 부탁도 잘 들어주고, 친근함을 풀풀 뿜어내는 외향적인 사람처럼 보였어요. 말도 대단히 매끄럽게 잘했고요. 저는 전혀 그런 성격이 아니어서, 선배가 참 대단하게 느껴졌어요. 솔직히 말하자면 제가 위랑 선배한테 연애 대상으로서도 이런저런 좋은 감정이 있지 않았나 싶기도 해요. 아니, 아마 확실히 그랬을 테죠.

제가 졸업할 때 즈음, 위랑 선배와 연락이 끊겼어요. 마치 증발한 것 같았어요. 원래 연락이 잘 안 되는 사람이고, 근처에 함께 아는 사람도 아예 없어서 처음에는 그러려니 했어요. 그런데 연락이 안 되는 시간이 1개월을 넘어 6개월이 되고 마침내 1년이 된 거죠. 친구들에게 수소문도 해봤지만 위랑 선배를 아는 사람은 아무도 없었어요. 우리 학교가 그렇게 큰 편도 아닌데, 어떻게 선배를 아는 사람이 단 한 명도 없는지 놀라울 정도였어요.

저도 천천히 그 사람을 잊었죠. 그 선배를 좋아하긴 했지만, 그냥 꽤 마음에 들었던 정도죠. 사이가 진척되면 좋았겠지만, 그 정도였어요.

그런데 그 선배가 갑자기 같이 일을 하자고 나타난 거예요. 대체 뭐야? 내 번호는 어떻게 알았고, 백수인 건 어떻게 안 건데? 솔직히 그때는 그냥 짜증 났죠. 안 그래도 삶이 팍팍한데 무슨 사기꾼 같은 말을 하고 있어.

그래도 혹시 모르니 그날 밤에 위랑이란 이름을 인터넷에 검색해봤어요. 사실 이름이 좀 특이하잖아요. 그런데 뉴스에 그 사람 이름이 나오는 거예요. 진짜 창업을 해서 초기 투자를 유치했다는 거예요. 이럴 수가! 위랑 선배, 그동안 증발해서 사업하고 있었던 거야?

그런 사람이 대체 무슨 이유로 절 부르는 걸까 고민이 생기더군요. 메로나 먹으면서 곰곰이 생각하던 기억이 지금도 선하네요. 저는 무슨 일일 아르바이트 같은 거나 해달라는 건 줄 알았어요.

제가 딱히 전문 기술이 있는 건 아니잖아요. 뭐, 적어도 그렇게 생각했어요. 그땐 또 취준생 특유의 우울함 때문에 스스로 자신의 가치를 엄청 낮추고 있었거든요.

최대한 멋지게 차려입고 약속 장소로 나갔어요. 주위를 두리번거려도 위랑 선배가 없어서 내가 무언가에 홀렸나 생각하고 있는데, 갑자기 근처에 있는 외제차 문이 열리는 거예요. 그리고 익숙한 얼굴이 보였어요. 그 새까만 눈도! 위랑 선배의 얼굴에는 미묘한 세월의 더께가 쌓여 있었어요.

수지야!

선배?

이 사람이 언제 차를 샀담? 차에 관심은 별로 없었지만 신기하더군요. 그 엄청난 탄소세를 낼 정도로 돈이 있다는 거잖아요. 선배는 식당으로 데려다줄 테니 차에 타라고 말했어요.

조수석 내부에 들어가자 그야말로 블록버스터 SF 게임 안에 들어온 기분이 들었어요. 중형차인데 그렇게 내부 공간이 넓을 수 있나 싶었죠. 그럴 만도 하죠. 아예 핸들 따위의 운전용 인터페이스가 없었으니까. 홀로그램 디스플레이에서 자율주행 인공지능 메시지가 흘러나왔어요. 그 장르를 짐작하기가 어렵지만 대단히 좋은 음악을 들었고요. 옅은 아몬드 냄새가 났어요. 사실 그때까지 좀 불안했는데 안락한 환경에 들어서니까 기분이 괜찮아졌어요.

선배, 대체 어디 있다가 갑자기 연락한 거예요?

그동안 내가 좀 바빴어. 미안해.

뭐가 미안하다는 건진 모르겠지만, 목소리도 이전보다 훨씬 더 세련되게 변했더군요. 위랑 선배는 홀로그램 디스플레이에 대고 목적지를 말했죠. 청담동에 있는 한 일식당이었어요. 차는 아주 부드럽게 움직였어요. 청담동으로 가는 동안 몇 가지 질문을 던졌는데, 위랑 선배는 능숙하게 말을 빙빙 돌리면서 저에 관한 신변잡기를 물어보더군요. 그렇게 상세하게 말하지는 않았어요.

자본주의의 성역인 청담동도 별로지만, 일식도 좋아하지 않아요. 일식이라고 하면 튀기거나 간장 맛이 나는 짠 음식, 혹은 날로 먹는 바다 생물이 떠오르는데, 전부 제 취향이 아니에요. 특히 바다에서 나는 건 다 입에 대기 힘들어하거든요. 연어랑 계란 초밥은 좋아하는데.

위랑 선배는 당시 제 한 달 식비의 절반쯤 되는 금액의 초밥을 사줬어요. 저는 초밥이라고 하면 나무판자 위에 한 번에 올려서 주는 거라고 생각했거든요? 근데 초밥을 하나씩 따로 주더라고요. 각오를 하고 입 안에 넣었는데, 눈이 확 뜨이는 경험을 했어요. 그러니까 제가 해산물을 싫어하는 게 아니었어요. 값싼 해산물을 싫어하는 거였죠.

식사를 하면서 위랑 선배는 자기 사업에 대해서 설명했어요. 아시겠지만, 위랑 선배의 창업 아이템은 블록체인으로 운영되는 가상화폐 시스템이었어요. 사실 블록체인과 가상화폐는 이제 역사에도 기록된 오래

된 이야기죠. 엄마 아빠 시절에야 핫했고 아빠는 술만 마시면 그때 들어갔어야 부자가 됐다고 한탄하지만, 이제는 용도가 명료하잖아요? 나올 게 다 나온 기술인데 그걸로 지금 또 무슨 창업을 해요? 저는 그 내용을 좀 더 알아보고 싶었어요.

위랑 선배의 블록체인은 화성 그리고 그 너머의 금융을 잇고자 고안됐어요. 빛의 속도는 빠른 듯하지만 우주적 기준으로 보면 아주 느리죠. 화성으로 가는 데 3분 11초나 걸린단 말이에요. 금융시장에서는 안정적인 동기화가 그 무엇보다 중요하죠. 화성인 모 씨의 지구 계좌에는 10억이 들어 있어서 그걸로 주문을 체결했는데, 3분 뒤에 보니까 화성 계좌는 빈털터리였다든가 하는 일이 일어날 수도 있잖아요? 위랑 선배는 그 동기화 문제를 블록체인을 이용해 해결하려고 한 거였어요. 화성과 지구 간의 금융거래에서 발생 가능한 오류를 원천 차단하고자 한 거죠.

2130년대까지 화성에 커다란 도시가 생길 거고, 그 속에서 30만의 인구가 살 거라는 예측을 하죠. 금융 시스템은 화성의 도시까지 포괄하여 더욱더 복잡해질 거예요. 인류가 화폐경제하에서 살아가는 이상, 이 블록체인은 우주 세계에 산소만큼이나 필수불가결해질 거예요. 게다가 블록체인은 그 자체로 많은 연산력을 소모하죠. 그만큼 폐열이 많이 만들어진다는 뜻이고, 추운 화성에는 열이 필요해요. 이건 혁신 중의 대혁신이라고 생각했어요.

한심한 이야기 아니냐고요? 맞아요. 이건 완전한 스캠이에요. 뻔뻔한 사기라고요. 그 시스템을 안 쓰고도 지구와 화성 간의 금융거래에 오류가 생긴 적은 단 한 번도 없어요. 왜냐? 지금은 2052년이니까요! 화성 기지에 사는 사람은 지금 열 명도 안 돼요. 제가 죽기 전에 화성에 금융시장이 생기긴 하겠어요? 그리고 동기화는 블록체인을 사용하지 않아도 해결할 수 있어요. 빛의 속도는 그닥 빠르지 않아서, 지구 반대편과의 통신에도 미세한 시간 차이가 난다고요. 하지만 그 차이 때문에 미국 주식을 살 때 문제가 생기진 않잖아요? 원래 쓰던 기술을 써도 돼요. 일단 인간의 기술로 따지자면요.

하지만 그때 저는 그런 이성적인 판단을 할 때가 아니었어요. 위랑 선배는 학부 시절에 주절거리던 공상을 현실로 이뤄낸 사람이었죠. 투자를 유치했다는 뉴스까지 제가 봤잖아요. 저는 거인 앞에 선 느낌을 받았어요. 그리고 그 거인이 제게 손길을 내밀고 있었어요.

어때. 나랑 같이 일할 생각 있니, 수지야?

어안이 벙벙했어요.

좀 갑작스러운데 전 기술적으로 아는 건 거의 없는걸요.

너한테 기술적인 걸 바라는 건 아냐. 단지 예전에 너랑 했던 이야기를 기억에 품고 있었거든. 너 우주비행사가 되고 싶었다며. 내가 필요한 건 그런 열정이거든. 부차적인 건 그냥 배우면 되는 거야.

어릴 때 부모님이 했던 말이 번뜩 기억났어요. 달콤한 거 준다고 아무 어른이나 따라가지 말라고. 그래서 그날 처음으로 정신 줄을 잡고, 굉장히 직설적으로 물었어요.

오빠, 사실 우리가 그렇게 친한 건 아니잖아요. 1년 동안 연락도 않더니 왜 갑자기 믿음이 필요한 일을 맡기려는 거죠?

그러자 선배가 즐겁다는 듯 웃었어요.

우리에게는 평범한 인간의 관점이 필요해.

이상하게 그 말이 불쾌하진 않았어요. 그때 제 자존감은 땅을 파고 들어가고 있었으니까요. 보통은 '사람'

이라고 하지 않나, 라는 생각도 그때는 나지 않았어요.

차라리 그렇게 말하니까 같이 일할 수 있다는 생각이 들더군요. 좀 한심해 보인다고 생각하시는 것 같은데 그 선배가 정말 사람을 끄는 마력이 있거든요. 아니면 적어도 제가 그렇게 생각했거나. 이상한 거 아니라고요? 다행입니다.

하여튼 저는 그렇게 비트스페이스라는 회사의 마케팅 매니저가 됐어요. 사무실은 관악구에 있었는데, 제가 출근함과 동시에 근처에 50년 전통의 원조할머니 해장국집이 새로 생겨났죠.

계약 조건은 놀라울 정도로 괜찮았어요. 대기업 수준, 아니 그 이상이었다니깐요. 그래서 더 믿음이 생겼죠. 비트스페이스 사무실에는 저를 포함해 총 다섯 명의 직원이 있었죠. 저랑 위랑 선배 빼고는 갈매기대학교랑 관련이 없는 사람들이었어요. 적어도 자기들이 주장하는 바에 따르면 말이죠.

다들 위랑 선배와 굉장히 비슷한 느낌을 풍겼어요. 외모는 분명히 제각기 다른데 눈이 정말 까맣고 커다랗고, 머리도 연예인처럼 작은 데다가, 목소리도 대단히 중성적이었어요. 그 독특한 억양까지 비슷했고요.

만약 위랑 선배가 그 사람들을 직접 구인했다고 설명하지 않았다면 저는 이 회사를 가족 기업이라고 생각했을지도 몰라요.

또 아주 특이하게 느꼈던 게 하나 있어요. 위랑 선배와 직원들은 매일 식사 시간마다 제자리에서 팩에 든 유동식을 짜 먹더라고요. 선배는 다섯 명분의 식대를 저한테 주면서 알아서 먹고 오라고 했어요. 대체 왜?

저는 그 신기한 직원들과 좀 더 가까워지고 싶었어요. 그래서 저도 그 유동식을 먹으려고 했어요. 그런데 그게 진짜 지옥에 사는 나무의 수액을 짜낸 것처럼 끔찍한 맛이었어요. 희멀건 죽 같은데 플라스틱 타는 냄새가 났어요. 그런데 선배와 직원들은 정말 맛있게 잘도 먹더군요.

처음에는 그 사람들이 나를 따돌리려 그러나 싶었죠. 그런데 딱히 그런 것 같지도 않았어요. 그 사람들은 대화 자체를 많이 하지 않고 컴퓨터 앞에 앉아 기계처럼 일만 했어요. 위랑 선배 빼고는 인간적인 교류를 할 수 있는 사람이 없었어요. 위랑 선배도 비인간적으로 느껴졌지만요.

대체 뭘 하나 싶어 슬쩍 들여다보기도 했는데,

도저히 이해할 수 없는 도형과 숫자만이 액정에 떠 있었어요. 저는 프로그래밍을 깔짝대던 경험이 있으니까, 코드가 어떤 모습을 하고 있는지는 알아요. 그런데 그건 겉보기로 코드 같지 않았어요. 오히려 수학의 정리나 증명에 더 가까워 보였어요.

하지만 그런 걸로 불평할 순 없었어요. 회사생활은 지극히 행복했으니까요. 월급은 밀리지만 않는 게 아니라 훌륭했고, 야근도 없었어요. 당시 저의 최대 고민은 다섯 명의 식대를 마구 쓰다 보니 체중이 빨리 분다는 것뿐이었죠. 제가 돈을 직접 벌어서 세금을 낸다는 것이 그토록 아름다운 일인 줄은 몰랐어요. 게다가 할 일도 많지 않았죠.

앞서 말했다시피 제 직함은 마케팅 매니저였어요. 비트스페이스는 대중에게 뭘 팔아먹는 회사가 아니었고요. 그래서 제 업무는 비트스페이스가 설계한 시스템을 다른 회사나 정부에 영업하는 것이었어요. 위랑 선배와 함께 계약을 따내고, 보도자료를 쓰고.

그런데 저도 이 우주적 블록체인 시스템으로 어떤 좋은 것을 만들어낼 수 있는지 전혀 이해할 수 없었어요. 제가 뭘 할 수 있나 싶었죠. 다른 기술자 한 명을 붙잡고 물어봤더니 이렇게 말하더군요.

아, 우리 시스템을 이용하면 21500광년 너머에 있는 행성과도 무리 없이 거래할 수 있어요. 최대 보장 범위는 3만 광년인데. 그 바깥은 아직은 좀 힘들겠네요.

21500광년이요?

처음에는 그 기술자가 이상한 농담을 하는 건가 싶었어요. 그렇게 멀리 떨어져 있는 별에 대해 생각해보세요. 우리 은하의 끝에서 끝까지가 10만 광년이에요. 우리 은하의 5분의 1만큼의 거리란 거죠. 사실 무한히 떨어진, 우리 인간하고는 아예 상관없는 세상이라고 해도 무방해요. 미국에서 한창 개발 중인 워프 추진법의 이론상 최고 속도가 2광속 정도라고 하죠. 그럼 거기 도달하는 데 1만 년이 넘게 걸린다고요.

하지만 기술자는 자신만만하게 웃더군요.

네. 거기까지는 확실히 보장됩니다. 대단하죠?

하지만 그렇게까지 멀리 개척할 순 없잖아요.

그런 시대는 곧 오게 되어 있습니다. 우주문명 시대가 당신들의 코앞에 있어요.

당신들이라고요?

예?

기뻐하세요.

저는 이야기를 더 해보려고 했지만 기술자는 다시 홀린 듯한 표정으로 모니터를 바라보기 시작했어요. 좀 섬뜩해서 뒷걸음쳤어요. 다른 직원들도 아주 먼 행성과 아무 문제 없이 금융 동기화를 할 수 있다고 자랑하더군요.

저는 그 사람들이 하는 말대로 그냥 우주문명 시대가 곧 도래하고 우리가 그 선구자라고 보도자료에 썼어요. 인공지능은 이걸 인터넷 신문에 올렸고 몇몇 사람들은 그걸 봤겠죠.

블록체인은 소프트웨어적으로 독특한 데이터 저장 방식이에요. 그것이 우리 생활에 여러 편의를 제공하긴 했고, 지구와 화성 간에 생기는 통신의 오류를 막을 수 있을지도 몰라요. 그게 빛에 기반한 현대 통신 기술의 한계를 바꿔놓을 순 없어요. 예전에 쓰던 로켓 추진 방식의 우주선이 그 어떤 대단한 기술을 써도 아광속에 도달할 수 없는 것처럼 말이죠.

상식 아닌가요? 저는 그렇게 믿어요. 저는 우리 회사가 도대체 뭘 만들어서 파는 건지, 애초에 무얼 만들긴 하는 건지 의심스러웠어요. 이렇게 강렬한 의구심에 빠져 있는데 어떻게 영업을 할 수 있겠어요.

그런데도 위랑 선배는 저를 데리고 미팅을 다녔어요. 정말로 부유한 사람들, 정말로 권한 많은 사람들을 만났어요. 지금이야 좀 사그라들었지만, 당시는 우주산업 열풍이 불고 있었어요. 시장에 투자금이 너무 많이 몰려서 주체할 수가 없을 때였죠.

예를 들면 해왕성에 우주정거장을 짓는다는 회사가 10조 넘는 투자를 유치할 정도였어요. 아니, 해왕성에 대체 왜 우주정거장을 지어야 하는데요? 그게 고작 10조로 되나요? 그 먼 곳에 공사는 무슨 수로 하나요?

하긴 비트스페이스가 더 허황되었죠. 어쨌든 인류 전체가 힘을 합치면 진짜로 해왕성에 우주정거장을 지을 수 있을지도 모르죠. 하지만 3만 광년 너머의 금융거래를 보장하는 우리 시스템은 대체 무슨 의미인가요?

그런데도 초미래 지향적인 대우주산업, 블록체인, 탈중앙화를 통한 솔루션 어쩌고 하는 단어만 주워섬기면 투자자들의 눈에서 총기가 완전히 빠져나가더군요. 아주 오래된 떡밥인데도! 블록체인이 뭔지도 모르면서 자기 회사의 시스템에 블록체인을 심겠다고 찾아오는 우주개발회사 사람들도 많았어요. 그럼 기술팀이 나

서서 대단히 수상한 걸 심어주었죠. 우주개발회사에 우리 상품이 팔렸다는 이유로 또 다른 회사가 우리 고객이 되었고요.

저는 알량한 월급을 좇는 그 수많은 청년이 대부분 실업 상태인데도, 그토록 막대한 돈을 그토록 쉽게 받을 수 있을 거라고는 상상도 못 했어요. 어떻게 그렇게 얼빠진 사람들이 그렇게 돈을 많이 가지고 있는지도 궁금했고요.

위랑 선배 특유의 매력이 큰 몫을 한다는 것도 많이 느꼈어요. 모델을 해도 될 만큼 중성적인 매력이 있는 남자가 그렇게 당당하게 말하고 있으니 얼빠진 말도 그럴싸하게 들리는 거죠. 하여튼 우리 세상은 엄청 발전한 척하면서 되게 생물학적으로 돌아간다니까요.

재미난 고객 이야기를 해보죠. 고객 중에는 한국 국방부도 있었어요. 얼마 전에 크게 터진 우주군 보안 문제 아세요? 한국 우주선 한 대가 독도에다가 궤도 폭격을 가할 뻔한? 그 보안이 우리 비트스페이스의 블록체인 시스템으로 만들어졌거든요. 사실 우리 일이랑 큰 상관은 없지만.

하지만 보안 실패는 거의 대부분 시스템 자체

의 문제보다는 사람 때문에 생겨나기 마련이에요. 비밀
번호를 1q2w3e4r!! 따위로 쓰고 있는 이상, 블록체인
이 아니라 블록체인 할아버지를 가져와도 보안이 제대
로 될 리가 있나요. 국방부도 최소한의 부끄러움은 아
는 모양인지 우리 탓을 하지 않았죠. 거기 사람들도 그
냥 블록체인을 보안에 적용했다는 걸로 자화자찬을 하
고 싶어 우리 시스템을 쓴 거지, 보안에 대해 엄청 대단
한 고민을 했다고는 생각하지 않아요.

　　하지만 위랑 선배는 저랑 생각이 많이 다른 듯했
어요. 미팅이 끝나면 위랑 선배와 저는 항상 같은 곳에
서 회식을 했어요. 처음 만났던 그 초밥집에서요. 선배
는 참치 초밥을 앞에 두고 결연한 표정으로, 좀 과장되
게 말하곤 했죠.

　　그날은 그중에서도 특히 커다란 계약을 따냈어
요. 저는 기분이 좋아서 하이볼을 마시고 있었죠. 회사
사람들이 술은 한 방울도 마시지 않았다는 걸 말했나요?

　　우리 비트스페이스가 대우주 세계의 첨병이 될
거야.

　　그 이야기를 들으니 뭔가 치밀어오르더군요. 저
는 선배를 똑바로 노려보면서 말했어요.

선배, 우리가 뭘 하고 있는데요? 블록체인으로 정말정말 대단한 일들도 하지만 비트스페이스는 그냥 스캠이잖아요. 우리 회사가 제대로 하고 있는 건 아무것도 없는 것 같은데요. 우리는 그냥 우주산업의 발전에 기생하고 있을 뿐이잖아요, 아닌가요?

절 비난해도 할 말이 없어요. 처음 회사에 들어갈 때는 이런 배부른 고민 따위 전혀 하지 않았죠. 하지만 뭐랄까, 이제 통장에 숫자가 늘어나니까 이런 쓸데없는 생각도 하게 되는 건지. 매슬로의 욕구 피라미드가 틀리진 않나 봐요.

선배는 저를 넌지시 바라보다 수수께끼 같은 말을 했어요.

너도 내가 옳은 걸 곧 알게 될 거야. 됐고, 이번 보도자료에서 중요하게 써야 할 게 있어.

뭔데요?

지구 문명과 글리제 581d 문명의 금융 시스템이 연결됐다는 데 방점을 둬. 우리가 우주 최초로 초광속 통신의 기틀을 닦았다고 알려.

글리제 581d는 20.3광년 거리에 있는 행성이에요. 지구와 비슷한 환경일 수도 있다고 하죠. 그런 상황에서 무슨 대답을 하겠어요.

그건 또 무슨 농담이에요.

정말이야. 조금 전에 서륜에게 연락이 왔어. 그쪽이랑 통신이 맞닿았다고.

서륜은 그 이상한 기술자의 이름이에요.

그게 무슨 초광속 통신 같은 말이래. 술은 내가 마셨는데 취한 건 선배 쪽이네.

위랑 선배는 눈 깜짝하지도 않았어요. 아니, 오히려 좀 황당해하는 듯했죠.

뭐? 우리 비트스페이스는 원래 그런 회사잖아. 모르고 있었던 거야?

고개를 흔들자 위랑 선배가 웃으면서 말을 이었어요.

알게 될 거야, 수지야. 곧 알게 될 거야.

티 없이 맑은 웃음이었어요. 잠시 동안 그 아름다움에 혼이 빠져 멍하니 앉아 있었어요. 그 그림 같은 웃음을 끝낸 다음, 위랑 선배는 아무 말도 하지 않고 식사에 집중하기 시작했어요. 이런 실없는 이야기를 할 때가 잦아서, 저는 그저 그러려니 했어요.

다음 날 아침에 출근하면서, 사무실 건물 앞에

있는 50년 원조할머니 해장국집을 보았어요. 전면 유리
창 너머로 부글부글 가마솥이 끓고 있었고요. 그 집은
장사가 꽤 잘되었어요. 저도 가끔 거기서 점심을 먹곤
했죠. 그곳 해장국은 깔끔하고 맛있었어요.

하지만 그 해장국이 얼마나 깔끔하든 간에, 그
원조란 딱지는 정말 말도 안 되는 거라는 생각이 문득
들었죠. 어쨌든 50년이 된 건 아니잖아요? 그런데 제가
그 앞에서 이 모든 게 사기라고 소리 지르면 사람들이
절 칭찬할까요? 아니죠. 사람들은 그냥 적당히 배만 부
르면 충분하죠. 그 식당이 원조든 아니든. 그 딱지는 그
냥 그 식당의 꾸밈일 뿐이죠.

우리가 돈을 벌어 먹고사는 것도 별다를 바 없
다는 생각을 했어요. 절대다수의 사람들은 그저 그런
능력을 가지고 살아가요. 그래도 꾸밈을 좀 과장해서
하는 건 뭐 어때요? 저는 우주비행사가 되고 싶었어요.
그래서 우주문명의 첨병에 선 회사에서 일하는 거예요.

물론 세계를 바꿀 수 있는 사람도 있겠죠. 하지
만 절대다수의 사람들은 얼레벌레 살아가고, 자기가 원
하는 게 뭔지도 몰라요. 그러니 헛소리가 확실하더라도
할 수 있다고 그냥 떠벌리는 편이 더 낫겠다 싶었어요.

비트스페이스 사무실은 텅 비어 있었어요. 모든 집기들은 언제나처럼 결벽적으로 가지런하게 정돈되어 있었어요. 하지만 사람들은 단 한 명도 없었죠. 놀라운 일이었어요. 저는 언제나 가장 늦게 출근하고 가장 빨리 퇴근했거든요. 이럴 사람들이 아닌데, 그들이 항상 먹는 유동식이 상해서 식중독이라도 걸린 걸까?

조금 기쁜 마음으로 자리에 앉았어요. 그들이 식중독에 걸렸다는 상상 때문에 즐거웠다는 게 아니에요. 그들도 사람이구나 싶어서 즐거웠어요. 일하는 기계인 줄 알았는데, 흐흐.

잠시 멍하니 있다가 보도자료를 쓰기 시작했어요. 오늘은 내가 얼마나 성실한지 그 사람들에게 보여주고 싶었던 거죠. 전날 위랑 선배가 말한 대로 글리제 581c 어쩌고 하는 소리도 썼어요. 초광속 통신의 기틀을 닦았다는 이야기도.

사실 지금까지 별말도 안 되는 우주문명의 금융 이야기를 보도자료로 올렸어요. 그때는 좀 무서웠거든요. 사람들이 우리 보고 스캠이라고 욕하면 어쩌지? 하지만 아무도 신경 안 쓰더군요. 세상은 헛소리의 바다인데 거기에 개소리 한 방울을 떨어뜨려봤자 무슨 변화가 있겠나요. 그래요. 별 신경 안 쓴다니까!

업로드 버튼을 눌렀어요. 그러면 웹크롤러 인공
지능이 알아서 그것을 정제해 신문에 올리죠. 오전 9시
반쯤이었던 걸로 기억해요. 업로딩 시에 현재 시각이
나와서 비교적 정밀하게 기억할 수 있었죠.

그때 사무실 창가 쪽에서 커다란 폭발음이 들렸
어요. 콰광! 공기 중으로 퍼지는 충격파를 느끼고 전 쓰
러졌어요. 아마 기절했던 것 같기도 해요.

순식간에 정신을 차렸어요. 문제가 있다, 도망쳐
야 한다는 생각이 들었죠. 빠르게 일어섰어요. 회사를 다
니면서 운동을 열심히 한 게 도움이 되더라고요. 별별 생
각이 다 들더군요. 처음에는 북한에서 드디어 서울에 장
사정포를 쐈구나 싶었어요. 아니면 뭐 근처에서 이삿짐
트럭 크레인이 넘어지기라도 한 걸까요? 제가 본 건 제
상상이 더 현실적이라고 느껴지는 풍경이었어요.

3.5미터쯤 되는 달걀 모양의 무언가가 사무실 벽
면을 뚫고 들어와 있었어요. 마치 애플에서 만든 듯 말
끔하고 흠 없는 디자인이었죠. 벽은 충돌의 여파로 부
서졌지만 완전히 산산조각 나지는 않았어요. 창가에 있
던 위랑 선배의 자리는 완전히 박살 났지만요. 저 혼자

만 쓰는 잡다한 사무용 기자재들이 사무실 안에 흩어졌
어요. 천장 위의 조명등 하나가 대롱거리다가 떨어져서
와장창하고 깨지는 걸 보고서야 전 반응했어요.

으아아아악!

한껏 비명을 질렀죠.

그 소리를 듣고 그랬는지 뭔지는 몰라도, 갑자
기 벽면을 뚫고 들어온 달걀 모양의 무엇인가의 앞부분
이 지잉 하는 소리를 내면서 위아래로 열렸어요. 그 안
에서 또 무엇인가가 걸어서? 그걸 어떻게 묘사해야 할
지 모르겠는데, 일곱 개의 다리를 매우 리드미컬하게
움직이면서 나왔어요. 우주복처럼 보이는 것을 꽁꽁 두
르고 있더군요. 가장 위쪽에 달린 무언가, 그러니까 얼
굴 같은 것이 나를 향하고 있었죠.

비현실감에 압도되어 있다가 용기를 쥐어짜서
말했어요.

누, 누구세요?

'무엇이세요?' 하고 묻는 건 좀 이상하잖아요. 그
러자 그것이 또 한 번 몸을 이리저리 움직였어요. '꿈틀
거린다'고 묘사해야만 할 동작을 한 후 어떤 종잇장을
자기 옷에서 꺼냈어요.

아, 경찰이에요. 여기 수색영장입니다.

그것의 머리처럼 보이는 부분에서, 약간 지지직거리지만 분명하고 똑바로 알아들을 수 있는 한국어가 흘러나왔어요. 비트스페이스 자체가 원래 좀 비현실적인 회사였지만, 이 정도 되니까 현실감각이 아예 없어지더군요. 나는 머릿속이 멍해져서 간신히 물었어요.

경찰… 경찰이라고요?

네네, 아르디르말 섹터의 지구대 소속 삐유이유윱입니다.

요즘 어느 경찰이 다리를 일곱 개나 달고 있나요? 어떤 경찰차가 그렇게 커다란 개폐형 달걀 형태를 하고 있나요?

아… 예… 네?

은하경찰 경위 삐유이유윱이라구요.

삐유이유윱 하는 부분은 도대체 무슨 소리인지 알아들을 수 없었어요. 저 지금, 최대한 따라 하려고 노력하는 거랍니다. 그제야 머릿속에서 외계인이란 단어가 떠오르더군요.

아니… 그, 그래서 경찰이시라는 건가요? 제가 무얼 잘못했길래… 영장이라뇨?

삐유이유웁이 대답했어요.

앤서블 밀수 건으로 고발이 들어와서요. 조사하러 왔습니다.

앤서블이 뭔가요?

거참, 선수끼리 왜 이러시나.

예?

아니, 앤서블 아시잖아요, 앤서블. 초광속 통신기. 이거 관세가 700퍼센트인데. 밀수하면 안 되는 거 잘 아시잖아요. 그런데 이걸 우주 최초라고 쓰시면서 홍보까지 했잖아. 그 전에 은하금융감시위원회에서도 주시하고 있었다고. 안드로메다형 블록체인 기술까지 몰래 들여왔죠? 그것도 저작권 위반인 거 아실 만한 분이.

그것, 아니 삐유이유웁은 태블릿처럼 보이는 무언가를 꺼냈어요. 그 태블릿처럼 보이는 무언가의 화면처럼 보이는 무언가에서 빛이 발산하더니, 허공에 제가 조금 전에 쓴 보도자료가 보기 좋게 딱 떠올랐어요. 제가 썼던 보도자료가 누군가를 자극시킨 거예요. 그 민감하게 반응한 사람들이 지구 어딘가에 있는 게 아니라 별나라에 있다는 것이 문제였죠. 그런데 사람이라고 할 수는 있나요?

외계인이세요?

삐유이유웁이 피식 웃었어요. 적어도 저는 그렇게 받아들였어요.

외계인이라니, 그렇게 정치적으로 올바르지 않은 말을 요즘도 쓰나?

당장 안드로메다 빔 무기에 바싹 타버릴 것이 두려웠던 저는 다급히 말을 돌렸어요.

워, 원래 지구에 이렇게 자주 오시나요?

네?

그게, 이렇게 말하니까 좀 이상하지만요. 지구에 있는 우리 사람들이 지구 밖에 있는 생물들이랑 만난 적이 없거든요. 그런데 이렇게 갑자기 행정적 처분을 시작하시는 게, 아니 저는 너무 난감해서 시키는 대로 했을 뿐인데요. 사실 저희 사람들은 태양계 밖으로 나간 사람도 한 명이, 보낸 거라고는 작은 탐사선 두 대밖에 없는데. 골든 디스크라고 아시나요? 아니, 그게 아니라 여기, 아니 이게 갑자기 저한테 이렇게 오시면 제가 대체 무슨 말씀을 하시는지.

그러니까 저는 지구 최초로 외계인을 조우한 거고요. 그 자리에서 필사적으로 인간 동지들을 깎아내렸어요. 이건 제 상황을 이해해주셔야 돼요. 지금 인간을 깎아내리지 않으면 진짜로 어디 몇천 몇만 광년 떨어진 은하법정으로 납치돼서, 가상세계 노역 5천 년형을 받을 것 같잖아요. 내 말을 듣는 은하경찰 삐유이유윱의 표정은 도저히 읽을 수가 없었어요. 표정이란 게 진짜 있는지도 모르겠지만. 그것은 내 이야기를 들으면서, 조금 전에 꺼냈던 태블릿을 자기 쪽으로 향하고 뭔가 계속 누르기 시작하더군요.

하, 씨… 여기 보호구역이었네.

예? 뭐라고요?

삐유이유윱은 마치 손처럼 길게 튀어나온 곳으로 얼굴의 턱처럼 보이는 무언가를 쓰다듬는 것처럼 보이는 어떤 행동을… 정말 비트겐슈타인이 맞아요. 언어의 한계가 내 세상의 한계라고요. 하여튼 그러면서 말했어요.

이 행성이 발전도상문명이네.

발전도상문명이라고요?

네, 네. 여기 지구 인간분들이 발전도상문명으로 지정되어 있네요. 앤서블 개발도 안 돼 있고, 은하연방에도 가입되지 않은 문명. 그런데 외계문명을 아예

인지도 못 할 텐데 그런 건 어떻게 밀수한 거예요?

미, 밀수라뇨. 저는 그런 거 전혀 몰라요. 우주로 나가본 적도 없다고요.

삐유이유웁은 팔처럼 보이는 무언가를 나한테 향하더니 말했어요.

이런 하등 문명에서 갑자기 앤서블이나 안드로메다형 블록체인이 탄생할 리는 없고 원래 연방시민이 발전도상문명과 마음대로 접촉하면 안 되는 건데. 이봐요. 혹시 최근에 당신네, 호모사피엔스군요. 하여튼 다른 지성체와 접촉한 적 있나요?

어, 음, 좀 특이한 사람은 본 적 있는데.

혹시 이름이 위랑이에요?

예, 맞아요!

저는 소리쳤어요. 삐유이유웁은 좀 흥분한 것 같았어요.

하, 이 모플링 새끼가 또 발전도상문명에 밀수를 하고 다니네. 큰일이네.

모플링이라고요?

예. 글리제 581d에서 온 범죄 조직이에요. 자기 신체를 마음대로 변형시킬 수 있는 특성을 이용해서 발전도상문명에 회사를 만들어서 은하연방 기술들을 마구 퍼뜨리고 다니는 나쁜 놈들이지. 기술은 모두에게 공유되어야 한다고 말하면서. 어휴, 말도 말아요. 연방 행정이 그 조직 때문에 엉망이 되고 있어요.

그럼 위랑 선배가 밀수꾼이란 거예요?

그보다는 사기꾼에 가깝죠.

예?

하등한 문명에 고급 기술이 들어오는 게 좋은 일이 아니거든. 우주에서 자기가 중심이 아니라는 걸 알았을 때 혼란이 얼마나 클지 생각해보세요. 이 위랑이란 작자는 완전 사기꾼이야. 그걸 이용해서 신처럼 군림하려 든다니까.

그럼 그 모든 게 사기가 아니라 진짜였다는 거군요. 위랑 선배가 외계인 사기꾼이라니.

그제야 전날 위랑 선배가 지었던 그 예쁜 미소가 떠올랐어요. 그 사람의 그 중성적인 목소리. 지나칠 정도로 크고 완전히 새까만 눈. 그 사람과 직원들이 먹던 플라스틱 냄새가 나는 유동식. 그 사람의 모든 이상한 점들이 단번에 설명되는 것 같았어요. 사기꾼 중에 놀라울 정도로 매력적인 사람이 많다는 이야기도 떠올랐고요.

외계인이 정치적으로 올바르지 않은 단어라고 말하지 않았어요? 여기가 발전도상문명은 맞긴 맞나 보네.

아, 죄송합니다.

그럼 발전도상문명이라고 하는 건 정치적으로 올바른가요? 하여튼 삐유이유웁이 한숨 같은 소리를 내쉬었어요.

적당히 그럴듯하게 소명해주시면 제 선에서 어떻게 처리해볼게요.

그런데 무엇을 소명해야 하나요?

아니, 호모사피엔스시잖아요. 문명 수준이 1단계에서도 하급에 속하는 듯한데, 이 단계에서 앤서블이나 안드로메다형 블록체인을 바로 개발해내는 건 불가능하거든. 그런데 이 회사가 말도 안 되는 걸 만들어내고 있다는 걸 알면서도 어떻게 지금까지 이상한 걸 못 느꼈어요? 이런 보도자료도 쓰고. 이거 자체를 여기선 사기로 치는 것 아니에요?

머리가 빠르게 돌아갔어요. 위랑 선배처럼 사기 칠 방법을 찾아보았죠. 위기 상황에서 제가 좀 머리가 돌아가는 타입이더군요. 저는 조심스럽게 창가 쪽으로 걸어갔어요. 그곳에는 50년 원조할머니 뼈해장국집이 있었어요.

저기 저거 보이시죠. 50년 원조라고 되어 있는 거.

뼈유이유웁이 보통 사람들보다 절반은 커 보이는 거대한 몸을 창가 쪽으로 돌렸어요.

50년 된 식당인가 보죠?

나는 코웃음을 치면서 말했어요.

아뇨, 그럴 리가요. 이 사무실에 제가 출근하기 시작한 지 3개월도 안 됐는데. 저 식당이 그때 영업을 시작했거든요. 말도 안 되는 거죠. 근데 우리나라에 저런 원조할머니 해장국집만 수백 개가 돼요. 해장국만 그런가, 부대찌개도 그렇고 심지어 돈가스집도 수십 년 전통이고 그렇다니까요. 원래 인간이란 게 그래요. 뭣도 없으면서 과장하는 게 일반적인 거지. 저도 그런 거라고 생각했어요.

그러니까 이게 인간의 관습적인 행동이라는 건가요?

네. 발전도상문명이 아닌 데는 좀 다른가 보군요. 다행히 우리 서비스를 받는 사람들도 자기가 뭘 원하는지 모르고 있죠. 그렇게 가끔은 어처구니없는 스캠이 혁신으로 받아들여지기도 하고요. 저는 우리 회사도 그런 일을 하는 건 줄 알았어요.

삐유이유웁이 뭔가 큰 동작을 하더군요. 사람으로 치면 끄덕이는 동작과 비슷한 것 같다는 느낌 같았다고 치죠.

그렇다면 발전도상문명의 하등 생물이 빚어낸 관습이다, 이렇게 해서 문서를 쓰죠. 이 모플링이 어디로 간지는 모르고요?

고개를 끄덕였어요. 삐유이유웁은 이런저런 물건들을 수납한 다음에 다시 우주선으로 천천히 돌아갔어요. 그때 갑자기 제가 직장을 잃었다는 게 떠올랐어요.

그럼 저는 어떻게 하죠?

삐유이유웁은 제가 파괴된 사무실에 대해 한 말로 알아들은 것 같아요.

그건 걱정 마세요. 이쪽만 시간을 좀 돌려드릴 테니까.

그런 게 기술적으로 가능해요? 근데 그러면 제가 기억을 잃게 되는 거잖아요.

생물체의 시간까지 돌리는 건 불법이라. 그리고

발전도상문명 생명체 접촉 지침에서는 개인이 우리랑 접촉했다고 떠들어봤자 의미 없으니 기억이 남아도 괜찮다고 적혀 있거든요. 아마도요?

왠지 그 목소리에는 자신감이 없어 보였어요. 그제야 나는 이 삐유이유윱도 잘 모른다는 걸 깨달았죠. 하여튼 개가 고개를 한 번 젓더니(그와 비슷한 행동을 하더니) 말했어요.

에이, 아니에요. 걱정 안 하셔도 됩니다.

그 말을 남기고는 삐유이유윱은 우주선에 거의 몸을 실었어요. 그때 나는 마지막으로, 정말로 묻고 싶은 말이 떠올랐어요.

잠깐, 이거 하나만 알려주세요. 안드로메다에서 고유한 블록체인을 개발했다면, 그 기술은 어떤 용도로 쓰이고 있나요?

시야가 점멸하고 충격음이 들렸어요. 눈을 뜨니 밤 9시였어요. 사무실은 멀쩡했죠. 위랑 선배의 자리도 완전히 회복되어 있었죠. 몇 년 전에 끊었던 담배가 엄청나게 피우고 싶어지는 것을 참느라 무진 애를 써야 했어요.

진이 쭉 빠진 채로, 창가로 걸어가 창문을 열었

어요. 50년 원조할머니 뼈해장국집 간판을 바라다보면서 생각했어요. 그제야 저는 제가 외계인과 한 번쯤 만나기를 희망했다는 걸 떠올렸죠. 우리와 전혀 다른 세상에서 나타난 문명은 우리와 극도로 다른 방식으로 생각할 거라 믿었다는 것을. 그 다른 세계관을 직접 목격하고 싶었죠.

글쎄요, 저는⋯ 앞서 말한 것이 기억나시나요? 원래 사람은 자기가 망하지는 않을 거라고 내심 기대하고, 인생은 그 기대가 조각나는 하나의 커다란 과정이라는 말이요. 정정해야겠네요. 설령 망하지 않더라도, 인생 속에서 어쨌든 반드시 기대가 조각나게 돼 있다고요. 상상 속에 품고 있을 때는 그토록 아름다웠던 것들이 현실에서는 이렇게나 찌질하고 추악해요.

저는 다른 인생을 살아볼 수 없지만, 다른 인생도 딱히 다르지 않은 것 같다는 확신이 들어요. 다들 멋있고 어른스럽게 살고 있다고 서로를 기만하지만, 실상은 모두 어영부영 살아가는 것뿐이라고요.

이렇게 생각하게 돼서 기쁘냐고요? 그럴 리가요! 그냥 영원히 어린 채로, 꿈만 꾸는 게 더 나았어요.

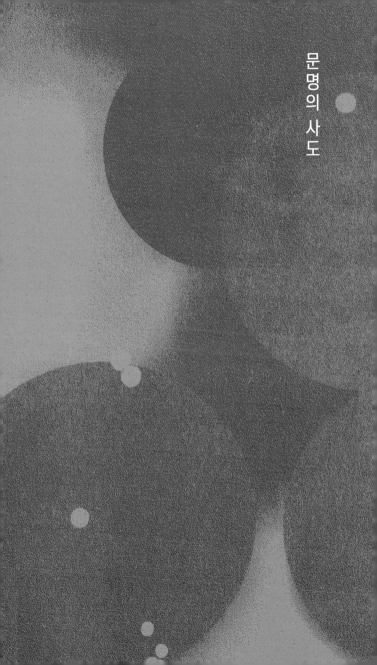

문명의 사도

*

어제 황제가 내 집정관 직위를 박탈했다. 의식이 있던 순간부터 나는 장래희망을 집정관으로 삼았고, 언제나 제국의 사도가 되길 바랐다. 이로써 내 인생이 통째로 부정당했다고 해도 과언은 아닐 것이다.

그러나 괴롭지 않았다. 내 인생을 부정하는 황제의 전언을 확인했을 때, 가장 단조로운 행정 서류를 보는 느낌밖에 들지 않았다. 7년 동안 이어진 지루한 재판 때문일까? 아니, 황제를 이해할 수 있기 때문이다. 나는 내 의무를 방기했다. 집정관으로서 제국에 새로 편입된 행성을 개척하고 그곳에 문명의 씨앗을 심는 대신, 나는 그 행성과 제국을 잇는 웜홀을 차단해버렸다. 한번 닫힌 웜홀은 수만 년간 다시 열리지 않는다. 나 하나 때문에 제국은 권역 일부를 잃은 것이다.

내가 미로 행성에서 문명의 사도가 되었던 때부터 이야기를 시작하자.

제국의 인민들은 외계 행성에서 황제를 대리하는 집정관을 제국의 천사쯤으로 생각하는 듯하다. 글쎄, 토성에서 관료 연수를 받은 직후의 예비 집정관들을 연고 없는 도시에 떨어뜨려놓으면 일주일 안에 입고 있던 속옷까지 털릴 것이다. 나도 마찬가지였다. 높은 직위에 올랐으니 자신감은 대단한데, 이 세상이 어떻게 돌아가는지 경험은 전혀 없는 책상물림에 지나지 않았다. 심지어 태양계를 벗어나본 적도 없었으니 말이다.

원로원은 민주적 선거 기반에 도사리고 있는 모순을 그 존재 자체로 증명한다는 세간의 평가를 받지만, 그래도 그들은 머리가 돌아가긴 했다. 원로원은 나 같은 예비 집정관들에게 제국의 권역에 막 편입된 항성계들 중 가장 적절한 곳을 골라 맡겼다. 이미 충분히 문명화된 곳은 집정관이 토착 세력을 제어하지 못할 확률이 높고, 지구와 지나치게 환경이 다른 행성은 애써 키워놓은 집정관이 임무 중 사망할 가능성이 지나치게 높다.

나의 처음이자 마지막 임지는 지구에서 6400광년 떨어진, 불과 10년 전 개척되기 시작한 미로 항성계였다. 미로 항성은 태양과 아주 유사한 G2V형 주계열성인데, 네 개의 행성을 달고 있다. 두 개의 행성은 가스 행성이라 활용할 수 없고, 두 암석 행성 중 하나는 지나치게 항성에 가깝고, 조석 고정의 영향으로 수성과 같은 불지옥이다. 오직 한 행성만이 지구와 흡사하고 쓸모 있는 환경인데, 간단히 미로 행성이라고 불렸다.

원로원이 내 임지를 결정한 후, 나는 난생처음으로 황제를 알현했다. 황제는 내가 어렸을 때 홀로그램 디스플레이에서 보았던 것과 완전히 똑같은 모습이었다. 몸통 아래는 생명유지장치에 들어 있고, 머리에는 수많은 케이블이 연결된 모습. 제국 지도자의 그 비참한 모습.

일부 공화주의자들은 인류 역사가 장구한 흐름 끝에 가장 원시적인 전제정으로 돌아갔다고 빈정대곤 했다. 하지만 멍청한 원로원이나 오만한 제국 법정과는 달리 황제는 미워할 수 없는 존재다. 수천 년 동안 삶을 연장시킨 끝에, 황제는 오직 인공지능으로만 사유한다.
그에게 남은 인간성은 푸석푸석한 가죽과 거추장스러
운 장기뿐이다. 얄팍한 인간의 겉껍질 속에 든 황제의
본질은 제국 전역의 정보를 취합하여 인민의 총의를 추
론하고 법률에 따라 행정부를 이끄는 초고성능의 인공
지능이다.

우리 제국을 항구히 유지하기 위해 스스로를 희
생한 인간이 말했다.

"그대, 제국의 가장 충성스러운 자손 호라티아
여. 짐의 대리인이자 문명의 사도여. 제국 인민의 총의
를 대표하여 짐은 조령을 내린다. 그대는 집정관으로서
미로 행성을 농업 행성으로 테라포밍하라. 제국의 인민
들 중 그 누구도 배곯는 자 없도록 하는 것이 그대의 신
성한 의무가 될 것이다. 집정관으로서 그대가 하는 말
과 행동은 모두 기억될 것이니, 제국 인민들에게 모범
이 될 수 있도록 하라."

결코 꺾이지 않을 의지가 내 마음속에 가득 차
오르는 것만 같았다.

태양계 외곽에서 최초로 불안정한 웜홀이 발견

되고 인류가 성간^{interstellar} 문명으로 도약했던 때의 테라포밍과 지금의 테라포밍 사이엔 거리가 있다. 본래 테라포밍이란 단어 그대로 행성의 환경을 최대한 지구와 유사하게 만드는 것이었다. 하지만 제국의 권역이 확대되면서 그런 이상은 실현될 수 없다는 사실이 곧 드러났다. 우주 곳곳에 퍼진 세상은 각기 너무나 다르다. 중력 같은 바꾸려야 바꿀 수 없는 요소도 있고.

제국에서는 태양계 바깥에 있는 각 행성들의 산업을 한 분야로 특화시키는 것을 테라포밍이라고 부른다. 농업 행성, 광업 행성, 의약 행성… 어떤 행성도 그 행성의 산출물만으로는 문명을 구축할 수 없다. 그리고 이 분업 체계야말로 우리 인류 문명의 미학을 드러낸다. 행성들은 각기 수천, 수만 광년의 공허를 사이에 두고 떨어져 있으나, 우리 모두는 제국 곳곳 인민들 노동의 과실을 소비한다.

황제를 알현하고 해왕성으로 향했다. 해왕성의 제3웜홀 허브에 착륙하는 순간, 나는 지나치게 들떠서 정신을 차리지 못할 지경이었다. 제국에서 가장 커다란 인공 구조물이라고 알려진 제3웜홀 허브에는 수십 개의 웜홀이 유지됐다. 제국과 연결된 수많은 별에서 온 우주선들 수천수만 대가 질서정연하게 군집해 있었다.

태양계와 가장 가까이 있는 항성인 프록시마 켄타우리를 탐사하고 온 과학선, 3만 광년 떨어진 우리 은하의 또 다른 나선팔로 향하는 개척선, 270만 광년 너머의 삼각형자리 은하에서 보낸 화물선. 그토록 떨어진 시공간에서 제각각의 목적을 가지고 온 우주선들이었으나, 모두 황제가 내린 엄격한 규칙을 따르고 있었다. 그 우주선들은 하나도 빠짐없이 제국 우주선법 11조 시행령의 규격에 맞춰 제작되었다. 우주선 사이를 각자의 방식으로 걷고 있는 다른 행성 태생의 지성체들이 보였다. 그들은 인간과 전혀 다른 몸을 가지고 있었지만 두르고 있는 의복은 제국의 기준에 부합했다. 공용 제국어로 그들을 인간으로 명명하지는 않지만, 사람이라고는 부른다.

그 풍경은 그 자체로 인류 문명이 이룩한 통합의 질서를 증거했다. 차마 상상조차 할 수 없는 무한한 공간을 사이에 두었지만, 우리 모두는 연결되어 있다. 위대한 제국의 권역 아래, 그 어디서 왔더라도, 그 어떤 형태를 했더라도 우리는 같은 것을 누린다. 시민들 개개인은 우주의 티끌 같은 존재지만, 우리 모두 평화로

이 힘을 합쳐 이토록 위대한 제국을 세울 수 있었다.

아주 어릴 적부터 나는 제국의 체제에 순수한 아름다움을 느꼈다. 그것이 내가 제국의 사도, 집정관이 되고자 한 이유였다.

제3웜홀 허브에서 열일곱 개의 웜홀을 통과하면 미로 항성계에 도착할 수 있다… 아니, 있었다. 이제는 미로 항성계의 웜홀이 붕괴되었기에, 그곳에 도달할 방법은 사실상 없다.

내가 처음 도착하자 인공지능으로만 구성된 개척대가 4년 동안 얼기설기 미로 행성에 지어놓은 우주 정거장이 준비되어 있었다. 나는 미로 행성을 맨눈으로 목격한 최초의 인간이 되었다.

제국의 수많은 사람이 미로 행성의 사진을 이미 보았겠지만, 파발선에 담겨 있는 사진 따위로는 그 아름다움을 완전히 표현할 수 없다. 미로 행성 양쪽 극지대의 빙하는 엄청나게 넓고, 대륙보다 훨씬 넓은 하늘색 바다가 펼쳐져 있다. 가로로 길쭉한, 적도변의 유일한 대륙은 터키석 색깔을 띠고 있다. 그 위로는 새하얀 구름이 무성히 떠 있다. 중위도에는 사막이 있다. 행성의 한쪽 면은 마치 반달처럼 어둠이 파먹은 채다.

　　미로 행성은 지구와 놀라울 정도로 유사하지만, 완전히 똑같진 않다. 이 행성에는 달과 같은 위성이 없다. 또 지구에 비해 형성된 지 얼마 되지 않은 듯하다. 지각에서 방사성물질이 지구보다 훨씬 많이 발견되었기 때문이다. 미로 행성이 오래됐다면 핵물질들은 반감기를 거쳐 줄어들었을 것이다. 가장 중요한 건 행성의 자전축이 기울어지지 않았다는 사실이다. 그것은 똑바로 선 채로 어머니 항성을 돌고, 표면은 위도에 따라 항상 똑같은 양의 빛을 받는다.

　　따라서 미로 행성의 극지대는 더 넓고, 극점은 이산화탄소가 얼어붙어 소복이 쌓일 정도로 춥다. 반면에 적도는 지구의 것보다 훨씬 더 뜨겁다. 대기대순환은 지구보다 덜 복잡하다. 적도에서 가열된 공기는 중위도로 이동한다. 따라서 적도의 기압은 낮으며, 비와 폭풍이 끝없이 몰아친다. 행성의 탄생 이후 영구히 고기압 상태를 유지해왔을 중위도는 완전히 말라붙은 사막이 되어 있다.

　　그제야 나는 원로원이 나 같은 풋내기에게 미로 행성을 맡긴 이유를 온전히 이해했다. 미로 행성은 지구와 닮아 있지만, 써먹을 데가 적다. 관광 행성으로 만들기에는 지나치게 무난하다. 도시 행성이나 공장 행성으로 만들기에는 제국의 변두리에 있다. 광업 행성이나 농업 행성으로 개발하는 게 최선일 것이다. 그런데 특별히 희귀한 금속이 발견되지 않는 한 굳이 다른 행성을 개척하면서까지 광물을 캘 필요는 없다. 그러니 농업 행성으로 만들어야 했다. 그마저도 한계가 있다. 지구에서 기원한 작물이 이 단조로운 행성에서 잘 자라지는 않을 것이다.

이 정도면 첫 번째 임지로 아주 괜찮은 편이었다. 그 환경이 호의적이지는 않지만 예측 가능하니까. 호의적이지만 예측 불가능한 환경보다는 비호의적이더라도 예측 가능한 환경이 낫다. 황제는 철저히 이성적이며, 내가 외계 행성에서 불가능을 달성할 거라 기대하지 않는다. 내가 가능한 것을 차근히 해낼 수 있다는 것만 보여주더라도 황제는 내게 더 큰 기회를 줄 것이다.

연수원에서 익혔던 지식을 그대로 적용하기로 했다. 적도의 폭풍 지대와 중위도의 사막 사이에 있는 좁은 해안, 그 땅을 개간하고 작물을 기를 수 있음을 증명하기로 했다. 그다음에 웜홀로 파발선을 보내 제국의 다른 권역으로부터 새 개척단을 호출하리라고 마음먹었다. 그러면 문명화의 심지에 불이 붙을 것이다. 곧 저 대륙 전체에 무화과와 밀 농장이 펼쳐지리라.

우선 행성의 생태계를 파악해야 했다. 대륙에 뒤덮여 있는 청록색 숲, 밤만 되면 빛나는 그 숲이 이곳 생태계의 핵심이었다.

그때까지는 큰 기대를 하지 않았다. 외계 행성의 환경에 맞게 자연 발생한 생물은 지구 생물과는 화학적 조성이 판이해 쓸모가 없다. 청록색 숲이 우주에 희귀한 것도 아니다. 지성 있는 원주민 문명의 흔적이 발견되지도 않았다. 만약 문명의 흔적이 발견되었다면 인공지능 탐사대가 미리 신호를 전달했겠지. 그럼 내 의무는 완전히 달랐을 것이다. 원주민들을 제국에 포섭하고 통합의 대의를 전달해야 했을 테니까.

이런 이야기까지 쓰려니 좀 민망하지만, 솔직히 말하겠다. 미로 행성의 궤도에 떠 있는 우주정거장에서 행성을 관찰하며 나는 스스로가 전능하다는 느낌을 받았다. 미로 행성의 유일한 대륙에 호라티아이 판가이아

라는 이름을 붙였고, 사막과 범람원에는 연수원 동기들 이름을 따다 붙였다…. 젠장, 풋내기이니 그 정도로 교만할 수 있었다고 생각한다. 이 뒤로는 그냥 대륙이나 사막, 범람원이라고 쓰겠다.

직접 행성으로 내려갈 필요는 없었다. 다목적 로봇 세 대를 캡슐에 태워 떨어뜨렸다. 캡슐은 강렬한 열기와 불꽃을 내뿜으면서 미리 지정해둔 각자의 좌표로 내리꽂혔다. 우주정거장에서 나는 로봇들에 접속해서 원격으로 조종할 수 있었다. 강가에 무수히 자라난 청록색 식물들이 보였다.

내가 실피움이라고 이름 붙인 그 청록색 식물은 겉보기엔 식물보다는 기괴한 버섯에 더 가까웠다. 무수한 구멍이 있는 검은 줄기에 솜털이 촘촘히 나 있다. 그 줄기는 여러 가지로 나뉘는데, 가지에선 잎이 아니라 검은색 반점이 난 청록색 갓이 드리워 있다. 탱글거리는 갓의 아래쪽에서는 초록색 액체가 끝없이 흘러나와 떨어진다. 그 액체는 땅을 초록색 바이오필름으로 코팅하는데, 그 위로 다른 식물이 솟아날 수 없을 정도로 끈끈했다. 아마도 생태계에서 우월한 지위를 점하기 위한 수단일 거라고 생각했다.

특기할 점은 실피움에 운동성이 있었다는 것이
다. 실피움의 줄기는 천천히 산들거리면서 움직이다가,
로봇이 근처로 다가가면 반응하여 갓을 로봇 쪽으로 향
했다. 이 행동이 어떤 의미인지는 알기 어려웠다.

　　속으로 이어지는 뿌리는 동물의 내장같이 생겼
다. 그것은 살짝 투명한 붉은색에 딱딱했는데, 겉으로
는 끈끈한 핏빛 수액이 스며 나왔다. 뿌리 내부에는 부
드러운 회색 관이 한 다발 있었다. 어찌 된 일인지 뿌리
는 심도가 깊어질수록 더 치밀히 얽히는 듯했다. 지표
면에서는 서로 다른 개체처럼 보이는 것들도 뿌리는 한
데 합쳐져 있었다. 지구에도 운동장만 한 크기의 버섯
군체가 있다는 것을 안다. 그와 비슷한 것일까?

　　다른 표본들을 위해 로봇 내부에 저장 공간을 넉
넉히 남겨두는데, 의미 없는 일이었다. 세 로봇이 각자
650킬로미터를 운행하는 동안 내가 본 것은 온통 실피
움, 실피움, 실피움뿐이었기 때문이다. 처음에는 우주
정거장의 GPS가 고장 나 로봇들이 한 장소를 맴돌고
있는 줄로만 알았다. 아니었다. 이 대륙의 숲은 모조리
실피움으로만 구성되어 있었다. 다른 종류의 생물이라
고는 단 하나도 없었다. 실피움은 이 생태계를 독점하

고 있었다. 바닷속에는 아직 생물을 구성할 만큼 충분히 복잡하지 않은 유기물만 둥둥 떠다녔다.

잠시나마 느꼈던 전능한 기분은 지루함의 홍수에 싹 쓸려 내려갔다. 내가 집정관을 꿈꾸었던 이유 중에는 우리 문명을 우주 곳곳에 전파하고자 하는 야망도 있었지만, 우주 곳곳의 신비를 직접 목격하고 싶다는 욕망도 있었다. 하지만 미로 행성은 기이할 정도로 단조로웠다. 길쭉한 청록색 버섯들만 잔뜩이었다.

어떻게 한 행성의 생태계가 이토록 단순할 수 있을까? 지구처럼 복잡하지 않으리라고 짐작하긴 했다. 행성의 환경에 변화가 적기 때문이다. 생물은 마치 파도를 타는 서퍼처럼 환경의 변동에 맞추어 변이한다. 계절 없는 적도의 가장자리에만 몇몇 종류의 생물이 나타날 수 있고, 지나치게 극단적인 환경의 고위도엔 아예 생물 자체가 탄생하지 못했을 것이다. 그렇다고 해도 이상했다. 실피움만이 살아가기에는 이 생태계에 다른 생명들이 끼어들 수 있는 빈틈이 너무 많았다. 생명은 언제나 길을 찾아내는 법이다. 사람들이 인공적으로 만든 생태계도 이것보단 복잡하다.

나는 본격적인 개척에 앞서 이 문제를 좀 더 깊게

파고들기로 했다. 우주정거장에 있는 장치는 외계 생물체를 분자생물학적으로 분석하기에는 부족했다. 웜홀 세 개만큼의 거리 너머에 생물학 연구소가 있었다. 로봇들을 지상에 내버려두고, 실피움의 표본을 챙긴 나는 미로 항성계의 웜홀 릴레이 스테이션으로 향했다.

웜홀은 무작위적으로 발생하여 짧은 시간 동안 지속되는 시공간적 특이점이다. 시공간의 한 점과 다른 점을 잇는 웜홀은 금방 흩어져 사라진다. 사람들은 웜홀 발생을 예견할 수는 없었지만 그래도 그것을 유지하는 방법은 알아냈다. 웜홀 릴레이 스테이션이 웜홀을 유지하는 역할을 하고, 그것이 우주 곳곳에 퍼진 제국의 권역을 연결한다.

웜홀 속으로 들어가기 직전 생각했다. 이렇게 우주선으로 이동하는 것이 아니라, 고전적인 방식으로 빛을 이용하여 통신할 수 있다면 얼마나 좋을까. 그럼 그냥 정보를 주고받는 것으로 소통할 수 있을 텐데. 그제야 내가 지구와 6400광년 떨어져 있다는 걸 절실히 느꼈다.

분석 결과는 다음과 같았다. 표본은 알파-4형

탄소 기반 생물체에 속한다. 즉, 지구의 생물과 유사하다. 실피움은 지구의 생물처럼 네 개의 핵산으로 구성된 DNA로 유전정보를 저장하고 전달하며, 이 정보를 이용하여 단백질을 만들어낸다. 분자생물학적으로 지구의 생물과 몹시 흡사하다는 것이다. 실피움은 스물네 종류의 아미노산을 사용하지만, 지구의 생물은 스무 종류의 아미노산을 사용한다는 차이점만 있을 뿐이다. 놀랍지 않았다. 우리 우주의 화학으로 생명체라는 복잡한 존재를 만드는 방법은 많지 않으니까.

그런데 조직 세포가 기괴했다. 실피움의 줄기와 갓과 뿌리와 씨앗과 솜털은 각자 고유한 유전자를 가졌다. 즉, 실피움의 각 조직은 완전히 별개의 생물종이었다. 접목된 식물과 비슷하다고 볼 수 있을 것이다. 식물의 일부를 떼어, 다른 식물의 줄기에 붙이면 원래 한 몸이었던 것처럼 자라나는 현상 말이다.

접목에는 분명한 한계가 존재한다. 두 식물을 접목시키려면 서로 근연종이어야만 한다. 유전적으로 지나치게 멀리 떨어져 있으면 접목이 불가능하다. 그런데 실피움에는 서로 완전히 다른 종들이 합쳐져 있었다. 비유하자면, 어떤 한 사람이 혈관은 대장균의 세포로 이루어져 있고 근육은 배추의 세포로 이루어져 있으며 각막은 돼지의 세포로 이루어져 있는 꼴이었다. 실피움의 갓에서 떨어지는 끈끈한 액체에는 온갖 종류의 유전자가 부글거렸다. 그 속에는 강력한 항생제가 들어 있었다. 완전한 무균상태였던 것이다. 실피움의 숲은 오직 실피움을 구성하는 생물체로만 이루어져 있었다.

조직들 속에서는 전기만을 사용하는 시냅스와 흡사한 구조가 발견되기도 했다. 실피움의 조직 세포들이 전기를 통해 어떤 신경 신호를 전달하고 있다는 뜻이다. 왜 시냅스가 필요한 걸까? 혹시 실피움은 뇌가 있는 생물인 걸까? 하지만 왜 전기 시냅스일까? 지구에서 전기만을 사용하는 시냅스는 덜 진화된 생물들의 전유물이다. 신호 전달 속도는 빠르지만, 화학 신호에 비해 다양성이 부족하기 때문이다.

미로 행성은 단조로워 보이는 환경 속에 매우 독특한 생물학적 현상을 숨기고 있었다. 어쩌면 제국의 생명과학에 새로운 영감을 제공할지도 모르는 발견이었다. 행성을 개척하기 전에 실피움을 연구하는 일이 더 중요해 보였다.

내 임지로 돌아가기 전에, 나는 태양계로 향하

는 파발선에 실피움을 구성하는 각 종들의 표본과 황제에게 보내는 서신을 썼다. 별 의미 없는 관습적인, 그러나 섬세하게 정제된 인사말. (이건 제국 관료제의 커다란 낭비다. 정신 나간 왕당파를 제외하곤 그 누구도 황제를 왕으로서 존중하지 않는다. 고성능 컴퓨터에 제사를 지내는 것과 별다를 바 없는 꼴이고, 황제는 해당 데이터를 읽지도 않을 것이다.) 미로 행성의 극단적이지만 유별나지 않은 환경. 호라티아이 판 가이아 대륙의 기이한 생태계. (그제야 나는 대륙에 '호라티아의 모든 육지'라는 뜻의 이름을 붙인 것이 얼마나 민망한 처사인지 깨달았다.)

이 모든 일이 끝난 뒤 내가 재판을 받았을 때, 어떤 언론에서는 그 사실을 대서특필하기도 했다. 집정관 호라티아는 오만한 풋내기였는가. 변두리 행성의 풀 따위에 정신이 팔리다니. 그동안 황제는 제국의 다른 중요한 행정에 신경 쓸 수 없었다! 하는 식이었다.

글쎄, 난 당시의 내가 집정관으로서 필요한 일을 했다고 믿는다. 사랑하는 제국을 위하여, 내 첫 임지인 미로 행성의 가능성을 최대한으로 끌어내고 싶었다.

일주일 뒤, 다기능 스캐너와 드릴을 장착한 유

인 탐사정 한 개를 가지고 미로 행성의 정거장으로 돌아왔다. 이전에 원격으로 조종했던 다용도 로봇은 쓸모가 많았지만 한계가 분명했다. 그것들은 대부분의 암석형 행성에서도 잘 작동할 수 있도록 만들어진 대신에, 수많은 복잡한 기능을 포기해야 했다. 더 자세한 실피움의 생태를 보고 싶었다. 실피움의 뿌리는 어디까지 얽혀 있는지 확인하고 싶었다.

스캐너 정도면 충분할 거라 생각했지만 땅속으로 직접 들어가보고 싶다는 욕망을 뿌리치기 힘들었다. 나는 여전히 초정밀 센서보다 내 두 눈의 불완전한 감각을 더 믿고 싶어 했던 것 같다. 확실히 그건 나의 인간적 한계다.

정거장에 도착한 나는 왕복선을 타고 미로 행성의 지표면으로 내려갔다. 어찌나 들떠 있었던지, 미로 행성의 대기 속에서 극심한 열기에 휩싸인 왕복선이 해안가로 내리꽂히는 동안에도 고통스럽지 않았다. 왕복선은 곧 미로 행성의 어느 백사장에 부드럽게 착륙했다. 외부 환경을 차단하는 보호복과 헬멧을 입은 채로, 나는 원통형의 탐사정에 올랐다. 탐사정이 왕복선과 분리되자, 조종석 앞쪽의 둥근 창으로 실피움 숲이 보였다. 구름 한 점 없는 푸른 하늘에 뜬 미로 항성이 찬란한 빛을 그 위로 흩뿌리고 있었다. 조종간을 당기자 탐사정이 앞쪽으로 움직였다.

실피움의 줄기가 꿈틀댔다. 초록색 액체를 뚝뚝 흘리는 청록색 갓들이 탐사정 쪽을 향했다. 갓 위로 숭숭 나 있는 검은 반점들이 보였다. 실피움이 생물학적으로 흥미롭긴 해도, 보편적인 미학과는 상당히 거리가 있는 풍경이었다. 대체 이 이상한 버섯들은 무슨 목적으로 이런 모양을 하고 있는 걸까? 반사적으로 굴착 시작 버튼을 눌렀다.

탐사정이 땅에 고정되자 드릴이 자태를 드러냈다. 드릴은 웅장한 모습 그 자체로 내 마음속의 폭력적인 욕망을 자극했다. 레버 하나를 힘껏 당겼다. 드릴이 앞쪽으로 쭉 뻗어 초록색 수액으로 덮인 흙을 파헤치기 시작했다. 콰르릉거리는 소리가 창을 뚫고 울려 퍼졌다. 실피움 줄기 하나가 뒤로 꺾였다. 탐사정의 각도가 천천히 앞쪽으로 기울었다. 마치 더러운 바닷속으로 뛰어드는 것처럼, 미로 행성의 대지가 창 앞으로 다가왔다. 본능적인 폭력성이 충족되면서 느껴지던 희열을 아직도 기억한다.

쿠르르릉… 쿠쿠쿠쿠… 암흑이 나를 감쌌다. 두 더지라도 된 것처럼, 진동만으로 많은 걸 느낄 수 있었 다. 드릴에 휘말린 실피움의 뿌리가 저항하다가 꺾이 고 잘려 나가는 느낌. 몇 분 되지 않아 나는 지표면에서 10미터 밑으로 들어왔다. 지하로 더 깊이 내려갈수록, 뒤로 흙이 무너지는 소리를 더 많이 들을수록, 실피움 의 뿌리가 더 빽빽해지는 게 느껴졌다. 느낌일 뿐이라 고 생각했다. 단지 내가 불안해하고 있기 때문에 생기 는 비이성적인 느낌.

나 자신이 불안해하고 있다는 걸 느끼자 숨이 거칠어졌다. 나는 나의 직위와 의무를 떠올렸다. 나는 집정관이다. 우주 곳곳에 뻗은, 제국 권역을 통치하기 위해 황제에게 권위를 위임받은 자다. 나는 이 행성이 제국에 가장 효율적으로 봉사하는 방법을 찾아낼 의무 가 있다. 그리하여 제국에 사는 모든 인민들의 행복을 증진하도록….

혼잣말을 중얼거렸다. 좋아, 네가 어떤 모습인 지 제국의 사도 앞에 드러내봐.

탐사정을 멈춰 세웠다. 어떤 의식이라도 치르듯 스캐너를 가동했다. 탐사정의 인공지능이 초음파로 지각해낸 주변의 형상을 홀로그램 디스플레이에 구현하기 시작했다. 조종석의 앞쪽에 빛으로 된 지형이 떠올랐다. 입이 벌어졌다. 실피움의 뿌리가 빽빽해지고 있다는 것은 사실이었다.

탐사정 불과 몇 미터 아래에, 엄청나게 커다란 구멍이 있었다. 그 구멍에는 정체를 알 수 없는 주름진 덩어리가 도사리고 있었다. 거기서부터 무수히 많은 뿌리가 지상을 향하여 '뻗어 올라왔다'. 실피움은 나무처럼 땅에서 자라나 뿌리를 아래로 뻗는 것이 아니었던 것이다.

대체 저건 뭐야? 오랫동안 받아왔던 공포 통제 시술의 장벽을 비집고 극심한 공포가 삐져나왔다. 질식할 것 같았다. 다급히 서랍에 있는 항불안제를 꺼내 입안에 털어 넣었다. 눈을 감고 모든 잡념을 차단하고자 애썼다. 의문이 있으면 가서 확인하면 될 것이다. 생각해보면 무서울 것도 없었다. 나는 제국의 유능한 기술자들이 영리한 인공지능과 함께 설계한 탐사정 안에 있었다. 자연은 정복의 대상이야. 더는 무서운 것이 아니야. 조종간을 밀었다. 다시 한번 탐사정의 드릴이 가동하기 시작했다.

텅 빈 공간에 도달하자 블레이드가 멈췄다. 사방이 침묵과 어둠에 휩싸였다. 탐사정을 고정시킨 다음, 달려 있는 모든 조명을 가동했다. 그리고 나는 구멍 속에 도사리고 있는 것을 보았다.

처음에는 반투명한 막 속에 청록색 액체가 가득 차 있고, 엄청나게 커다란 덩어리가 떠 있다고 생각했다. 눈부심이 잦아들자 형체를 정확히 알아볼 수 있었다. 그 덩어리는 인간의 뇌와 흡사하게 생겼으나, 행성지리학에서 다뤄야 할 만한 크기였다. 주름진 표면에서는 셀 수 없이 많은 뿌리… 아니, 촉수들이 지표면 쪽을 향해 뻗어 있었다. 덩어리는 미약하게 박동했다. 그것은 분명히 생물이었다. 표면이 떨릴 때마다 반투명한 막 속에 든 청록색 액체에서 거품이 진동했다.

멍하니 그 광경을 바라보는 동안, 홀로그램 디스플레이 한편에서 방사능 경고가 울렸다. 핵전지의 연료가 누출됐나 싶어 깜짝 놀랐지만, 전지 문제가 아니었다. 주변에 방사능이 검출된다는 것이었다. 단기 체류에는 괜찮은 정도였다. 나는 경고를 껐다. 그러나 그 경고로 실마리를 얻었다.

그 덩어리는 미로 행성의 모든 실피움과 연결되

어 있었다. 그러니까 그 덩어리 자체가 실피움이었다. 지상을 빼곡히 뒤덮은 그 청록색 버섯들은 전부 여기서 내뻗은 말단인 것이다. 그러니까 실피움은 그 자체로 하나의 거대한 생물이다. 그토록 거대한 크기를 유지하는 데에는 아마 지하의 방사성물질이 핵분열하면서 내뿜는 에너지를 사용했을 것이다. 이것은 지구에서 발견되는 운동장만 한 버섯 군체의 웅장한 확장이었다.

나는 그 덩어리가 실피움의 뇌라는 걸 알았다. 앞선 검사에서 시냅스가 발견되었다는 것을 생각해보라. 그토록 거대한 중앙의 뇌에서 말단의 기관으로 신호를 보내는 것을. 어쩌면 그 한 그루 한 그루가 모두 실피움의 감각기관이자 운동기관일 수도 있었다. 대륙 전체를 뒤덮은 버섯들로 외부 세계를 지각하면서 뇌는 어떤 생각을 할까?

찰나, 의문을 품었다. 이것을 하나의 생물이라고 부를 수 있을까? 실피움의 조직은 제각기 다른 유전자를 가지고 있다. 실피움은 수많은 다른 종이 만들어낸 거대한 공생체. 실피움 하나는 종의 다양성 면에서는 숲이나 다름없다고 할 수 있다. 하지만 그 누가 보더라도 분명히 하나의 생물처럼 느낄 것이다. 서로 다른 존재들이 위대한 통합을 이룬 것이다.

그렇다. 실피움은 제국과 닮았다. 제국의 각 권역은 혼자서는 아무것도 할 수 없다. 하지만 제국은 웅장한 하나의 국체를 이룬다. 실피움 또한 통합을 통해 한 행성의 생태계를 통째로 독식하는 데 성공했다. 제국의 중심인 태양계에서 황제의 뜻이 퍼져나가듯 실피움의 뇌가 품는 뜻은 말단 전체로 퍼진다.

저절로 눈물이 흘러내렸다. 공포도 불안도 아니었다. 희열이었다. 표본을 채취하지 않고, 천천히 탐사정을 돌렸다. 막 속에 둘러싸인 뇌는 매우 연약해 보였다. 나는 이 아름다운 생물을 해하고 싶지 않았다.

한 달 뒤 내가 머무는 정거장에 태양계에서 보낸 한 대의 전함이 도킹했다.

당황했다. 내가 황제에게 요구한 것은 실피움을 연구할 과학선이었다. 하지만 전함이라니? 관료제의 미궁 속에서 내 서신이 왜곡된 것일까? 전함의 책임자, 군단장 드루수스를 만났다.

정거장 창밖으로 보이는 아름다운 청록색의 대륙을 가리키면서 그에게 말했다. 저기에는 실피움이라는 대단히 독특한 형태의 생물이 유일하게 존재한다. 저 대륙을 뒤덮고 있는 청록색 숲은 사실 숲 전체가 대륙만 한 공생체의 말단이다. 저 지하에는 엄청나게 커다란 뇌가 있다. 그 뇌가 세상을 지각하면서 하는 생각을 짐작할 수 있겠나?

어쩌면 실피움 자체와 의사소통을 할 수 있을지도 모른다. 실피움은 지금까지 제국이 접촉하고 시민권을 주며 포용한 외계 지성체 중에서도 가장 발달한 존재일 수도 있다. 이곳을 농업 행성으로 개척하는 건 실수다. 미로 행성을 그대로 보존하고, 제국에서 연구해야만 한다. 우리는 이 지혜로운 공생에서 또 다른 교훈을 얻을 수 있을 것이다….

내 이야기를 끝까지 들은 드루수스는 어두운 표정으로 말했다.

"집정관님 저는 이 행성을 정화하려고 왔습니다."

궤도 폭격을 가하고자 왔다는 뜻이었다. 처음에는 어처구니없는 농담이라고 생각했다. 하지만 드루수스의 굳게 다문 입술에는 조금의 장난기도 보이지 않았다.

"이 행성을 정화한다고요? 당신한테 무슨 권한

이 있어서?"

"제 독단적인 판단이 아닙니다. 보시죠."

드루수스는 홀로그램 디스플레이 앞쪽으로 걸어가 이동형 저장장치를 연결했다.

홀로그램 디스플레이에 지친 사람의 모습이 빛어졌다. 온갖 기계장치의 케이블과 생명유지장치가 그의 몸에 연결되어 있었다. 황제였다. 눈을 지그시 감은 채로, 황제가 메마른 입술을 열었다. 건조한 목소리가 흘러나왔다.

"독수리의 후예들을 이끄는 군단장 드루수스여, 제국 인민의 총의를 대표하여 짐은 명령한다. 미로 항성계에 가서 집정관 호라티아와 면담하라. 호라티아가 보고한 실피움이라는 식물에 대한 설명을 들어라. 호라티아의 설명에 따라 다음과 같이 대처하라."

거기까지는 익숙했다. 황제의 명령은 원래 그런 식으로 이루어진다. 충분한 정보가 주어졌을 때 황제는 미래를 정확히 예측할 수 있다. 그러나 우주 곳곳의 정보를 취합해서 완벽한 판단을 내리기엔 빛의 속도와 웜홀로 이동하는 속도 둘 다 지나치게 느리다. 황제는 가지고 있는 정보만으로 발생 가능한 시나리오를 세우고,

그 시나리오에 따라 어떤 행동을 해야 할지 알리는 식
으로 명령을 내린다.

"실피움이 다른 행성계에서 발견되는 식물과 비
슷한 생태를 가지고 있는 공생체일 경우, 그 일부를 보
전하되 그대 군단의 능동 감시 대상에 포함하도록 하
라. 실피움이 거대 공생체이며 특정 수준 이상의 지능
을 가진 것이 명료할 경우에는 반물질 어뢰를 사용하여
미로 행성을 정화하라. 그 외의 경우에는, 호라티아가
원하는 지원을 제공하도록 하라."

황제가 쿨룩거렸다.

"어째서…?"

6400광년 떨어진 황제에게 닿을 수 없다는 것
을 알면서도 읊조렸다. 황제는 다시 자신의 조령을 읊
기 시작했다.

"이는 실피움이 짐이 제안하는 생물 재난 시나
리오 중 하나와 부합하기 때문이다. 만약 짐이 가정하
는 대로 실피움이 지성을 가진 거대 공생체일 경우에는
빠른 속도로 지성 특이점을 통과할 수 있다. 지성 특이
점을 통과한 거대 공생체가 제국에 적대적일 경우, 제
국 체제의 존속에 심대한 위협이 될 것이다. 짐은 이 가

능성을 추호도 용납할 수 없다.

그리고 이 전언을 집정관 호라티아에게도 그대로 전하라. 그는 짐의 사도로서 자신의 의무를 충실히 다했고, 제국에 위협을 예방했다. 집정관 호라티아는 향후 합당한 보상을 받을 것이다."

드루수스는 물끄러미 나를 바라보았다. 그의 눈동자에는 어떤 연민이 스치는 것 같았다.

하루 뒤, 드루수스의 전함은 궤도 폭격을 준비하기 시작했다. 정거장 홀에 서서 전함의 발사대에 반물질 어뢰가 탑재되는 것을 멍하니 바라보았다. 반물질 어뢰 여섯 개가 미로 행성에 떨어지는 것을 상상했다. 대륙 전체를 집어삼키는 무시무시한 쌍소멸 반응이 일어날 것이다. 미로 행성의 실피움은 사멸을 맞을 것이다. 거기서 끝나는 것이 아니라, 미로 행성의 자전축은 회전할 것이다. 미로 행성에는 계절이 도래할 것이다.

드루수스는 내게 지독한 소식을 전했지만 나쁜 사람은 아니었다. 그는 내 옆에 서서 애써 나를 위로하려고 했다. 전혀 위로가 되지 않는 말만 늘어놓는 게 문제였지만.

"집정관님, 너무 복잡하게 생각하지 마십시오. 모조리 태워버리면 농업 행성으로 개척하기 훨씬 쉬울 겁니다. 지금 이 순간에도 여러 집정관이 그렇게 행성을 개척하고 있습니다. 어차피 농사란 자연과 상당히 거리가 먼 행위라는 걸 알고 계시잖습니까? 하나의 작물만 살아가는 인공적인 사막을 만드는 일이지요. 그것이 괜히 문명의 기반이 아닙니다."

"하지만 그것은 우리 제국의 사상과 어긋납니다. 권역 아래서 지성을 발달시킬 수 있는 생명체는 제국이 포용해야 합니다. 저 실피움도 제국에 편입시킬 수 있을 겁니다. 어쩌면 저것과 대화를 나눌 수 있을지도 모릅니다. 아직 도구를 사용하는 법도 익히지 못한 외계 지성체를 멸절시키는 건…."

나는 드루수스를 쏘아보았다. 드루수스가 고개를 저었다.

"저 외계 지성체의 뇌는 너무 큽니다. 황제는 저것이 빠른 시일 내에 우리가 다룰 수 없을 정도로 발달할 거라고 예측했습니다."

"그럴수록 더 세심하게 관찰하고 연구하고, 저 존재와 교류할 방법을 찾아야지요! 다루기 힘들 수 있다고, 아직 적대적이지도 않은 존재를 멸종시키다니, 그러고서 우리가 문명인이라고 할 수 있나요?"

"집정관님. 우리가 할 일은 황제를 대리하여 그 의지를 실현하는 것뿐입니다. 황제가 제국 인민의 총의를 대표한다는 것을 아시잖습니까? 그는 제국 인민들이 실피움을 받아들일 수 없을 거라는 사실을 압니다. 꿈틀거리는 버섯 촉수가 난 거대 뇌를 어떻게 사람들이 받아들이겠습니까?"

"제국은 통합에 의한 평화와 번영을 추구한다고요. 이건 황제가 잘못 생각하고 있는 거예요."

"그 통합도 평화와 번영이라는 개념을 공유할 수 있는 존재와 할 수 있는 겁니다."

잠시 침묵한 뒤 그가 말을 이었다.

"실피움이 생태계를 정복한 방법도 마찬가지 아니겠습니까? 공생체 내에 통합 가능한 유전자를 가진 생물은 들인다. 하지만 도저히 들일 수 없는 것은 제거한다. 그 끝에 생태계 전체에 실피움 하나가 남게 된 거지요. 제국 문명이 통합할 수 없는 존재에게는 극도로 배타적인 것처럼 말입니다.

글쎄요. 개척자인 집정관님과 군인인 저 사이의

필연적인 차이일지도 모르지요. 집정관님은 외계 행성을 문명화시키는 게 일이고, 저는 제국의 적을 말살하는 게 일이니까요. 제국에 우리 둘 모두가 필요하다는 사실이 제국의 특성을 잘 드러내는 것 같지 않습니까?"

드루수스가 말을 질질 끄는 동안 반물질 어뢰 하나의 탑재가 완료되었다. 시간을 끌고 있는 것이 틀림없었다. 나는 고개를 저으며 말했다.

"집정관으로서 명합니다. 지금 당장 어뢰 탑재를 멈추세요."

"예? 황제의 뜻입니다!"

제국의 권역하에 있을 수 없다는 말을 곱씹으면서 나는 말했다.

"아뇨. 원로원 권고 108조 22항에 따라, 집정관의 권한으로 황제에게 이의를 제기할 겁니다. 파발선을 타고 태양계로 가겠어요. 제가 돌아올 때까지 이곳에서 제국 행정부의 사역은 동결됩니다. 자, 어서 당신의 군단에 명령을 내리세요!"

"집정관님, 황제가 당신에게 내린 포상을 취소할 겁니다."

"나 집정관 호라티아는 이미 분명히 선언했어요.

군단장 드루수스, 당신은 내 명령을 따라야만 합니다."

드루수스의 눈동자에서 깊은 피로가 느껴졌다. 그의 얼굴에는 이 변두리의 행성계에서 단 1분 1초의 시간도 더 보내고 싶지 않다는 생각이 적나라하게 드러났다. 파발선이 태양계로 갔다가 돌아오는 데만 해도 꽤 시간이 걸릴 것이고, 아마 황제는 자신의 뜻을 굽히지 않을 것이다. 드루수스의 마음을 읽을 수 있었다. 이 풋내기 집정관의 치기 어린 결정 때문에 피곤해졌다고 생각하는 게 뻔했다. 군부에도 집정관 호라티아의 악명이 퍼질 것이라는 걸 알았다. 집정관은 군단장 한둘과 가까이 지내는 편이 좋다는 것도.

그러나 그런 부차적인 문제를 신경 쓸 때가 아니었다. 이 아름다운 생명체를 황제로부터 지켜야 했다. 내가 추구하는 제국의 이상은 결코 이런 것이 아니었으니까. 나는 문명의 사도로서 제국의 이상을 유지해야 했다. 반물질 어뢰가 발사되기 전에 정거장의 격납고로 향했다. 그곳에는 태양계로 소식을 전할 때 쓰는 파발선이 한 대 있었다. 파발선을 타고 릴레이 스테이션으로 가속했다.

실피움이 제국의 권역하에 있을 수 없다면 방법

은 두 가지뿐이다. 제국의 권역에서 실피움을 제거하거나, 아니면 실피움 자체를 제국의 권역 밖으로 빼내거나. 다행히 드루수스는 미로 항성계에 더 오래 체류하지 않아도 되었다.

은하수의 광채, 그리고 그 광채마저 집어삼킬 것처럼 막막한 심연이 보였다. 그 심연을 배경으로 떠 있는 인공물, 토성을 연상시키는 고리가 시야에 들어왔다. 고리는 금속으로 이루어진 기계였다. 항성의 빛을 받지 못하는 고리의 한쪽 면은 어두웠다. 고리의 빛을 받지 않는 면은, 배경으로 마땅히 있어야 할 별의 부재로만 인식할 수 있었다. 웜홀 릴레이 스테이션이었다.

꽤 자주 보아온 것인데도, 그 광경의 비현실성에 사로잡히고 말았다. 암실에서 단 하나의 조명을 받고 있는 정물을 보는 것만 같았다. 나는 지구의 대기에서 산란하는 햇빛에 익숙했다. 그 빛 아래에서는 이토록 짙은 그림자를 볼 수가 없다.

그러나 가장 비현실적인 것은 고리가 아니었다. 고리의 중앙에 떠 있는 구체를 정밀하게 묘사하는 것은 내 능력 선에서 불가능했다. 그 구체 속에서 이지러진

별빛들이 광란의 춤을 추고 있다고 추상적으로 설명할 수 있을 뿐이었다.

릴레이 스테이션이 파괴된다면 웜홀은 유지될 수 없으며, 항상 최고 수준의 보안이 적용된다. 하지만 이제 갓 개척되기 시작한 미로 항성계의 스테이션에는 아직 안전장치가 없었다. 파발선 내부에서 릴레이 스테이션의 인공지능에 접근했다. 개척 중인 외계 항성계에 파견한 집정관에게는 릴레이 스테이션의 SUDO 권한이 주어졌다. 릴레이 스테이션 인공지능의 낭랑한 목소리가 들려왔다.

"접속되었습니다. 집정관님, 무엇을 원하십니까?"

이 항성계에서 황제의 권위를 대행하는 집정관으로서 나는 명령했다.

"릴레이 스테이션의 핵융합로를 정지해."

곧바로 인공지능이 경고했다.

"집정관님. 핵융합로를 정지하면 되돌릴 수 없습니다. 이곳의 웜홀은 일주일 안에 붕괴됩니다. 한번 붕괴한 웜홀은 수복할 수 없습니다. 이 항성계는 제국과 영원히 차단될 것입니다."

그 정도면 드루수스의 전함이 웜홀을 통과하기

에는 충분한 수준이었다. 다시 릴레이 스테이션을 회복할 수는 없겠지만.

"알고 있어. 해."

인공지능이 간절하게 물었다.

"웜홀이 다시 열릴 때까지 이곳의 지성체들은 수만 년간 태양계에 닿을 수 없을 겁니다. 우리 우주의 등대인 지구 문명에서 격리되어 유폐된 채로 존속하는 걸 상상할 수 있으십니까? 문명의 빛을 꺼뜨리길 바라십니까, 집정관님?"

나는 그 말을 듣고 오른쪽으로 고개를 돌렸다. 저 멀리 미로 항성의 빛을 받고 찬란히 반짝이는 청록색의 미로 행성이 보였다.

나는 목청을 가다듬었다.

"나 집정관 호라티아는 명령한다. 나는 미로 항성계를 제국에서 단절시킨다. 핵융합로를 정지해. 군단장 드루수스가 도망칠 수 있도록 이 항성계가 단절됐다는 내용을 알리도록 하고."

인공지능이 내 명령에 착수하는 것을 확인한 다음 조종간을 밀었다. 파발선이 웜홀 쪽으로 가속하기 시작했다. 일그러진 공간이 내 눈앞으로 다가왔다.

그 후는 모두가 아는 대로다. 릴레이 스테이션은 파괴됐고 웜홀은 붕괴됐다. 미로 항성계는 제국 권역에서 완전히 단절되었다. 드루수스의 전함은 웜홀이 붕괴되어 미로 항성계에 갇히기 전에 빠져나왔다. 미로 행성의 실피움은 무사히 보존되었다.

파발선을 탄 것은 영리한 선택이었다. 그것이 아주 재빨라서 태양계에 빨리 도달할 수 있다는 것도 이유였지만, 제국 헌법에 따라 파발선이 신성불가침권을 갖고 있다는 사실도 중요했다. 태양계로 전 제국의 정보를 전하는 파발선이 중간에 억류되거나 파괴된다면 황제의 통치에도 심대한 문제가 생길 수밖에 없다. 제국의 통치를 위한 헌법 덕분에 나는 파발선을 타고 지구로 망명하는 도중에 체포당하지 않았다.

지구로 돌아오고 나서야 나는 제국의 법정에 섰다. 검사는 나를 제국에 손상을 입힌 반역자로 몰아세웠다. 변두리 세상의 풋내기 집정관이던 나, 호라티아는 제국 전역의 유명 인사가 되었다. 나는 제국에 손상을 입히지 않았다고 주장했다. 나는 제국의 이상과 정신을 지키고자 최선을 다했다. 만약 우리가 한 지성체를 단지 다루기 힘들 수도 있다는 가능성 때문에 파괴한다면, 대체 제국의 존재 가치는 무엇이란 말인가?

그로부터 지리한 7년간의 재판이 진행되었다. 내가 미로 행성에 부임했던 시간이 단 1년밖에 되지 않는다는 점을 생각하면 아이러니한 일이다.

그런데 생각해보라. 1년이란 단위는 얼마나 기만적인가. 우선, 미로 행성의 공전주기는 지구와 다르다. 그러므로 미로 행성과 지구의 1년은 다른 시간이다. 또 다른 이유도 있다. 미로 행성의 실피움이 마침내 지능을 얻는다면, 행성의 공전을 고려할 이유가 없을 것이다. 계절이 주기적으로 변하지 않으니까. 미로 행성에서는 별자리의 순환 빼고는 대부분의 것이 고정되어 있으니까. 그래서 실피움에게는 '1년'과 같은 개념이 없을 확률이 높다.

드루수스라면 아마 이렇게 말할 것이다. 모든 행성에서 각자 고유한 기준을 고집할 수는 없다고. 기준을 통일하지 않으면 우리 문명이 굴러가는 것은 불가능하다고. 심지어 수천 년 전에 살았던 진시황조차 중국을 통일한 후 도량형과 수레바퀴 폭의 기준부터 세웠는데.

우주의 탐험가들이 입버릇처럼 하는 말이 떠오른다. 세상에는 셀 수 없이 많은 행성이 있으며, 그 모든 행성은 제각기 겹치지 않는 아름다움이 있다는 말. 실피움은 아름다운 존재일까? 모르겠다. 내가 확신하는 것은 하나다. 그들에게도 기회를 주어야 한다. 그 버섯 숲을 이루는 존재가 자신의 가능성을 최대한으로 드러낼 수 있도록 말이다.

후회하지 않는다. 다시 돌아간다 해도 그렇게 할 것이다. 나는 문명의 사도로서 주어진 의무를 다했을 뿐이니까.

*

위는 실종된 전前 집정관 호라티아의 자택에서 발견된 원고이다. 호라티아는 아마 사망했을 테지만, 제국 전역에 있는 말 좋아하는 호사가들은 여전히 그의 행방으로 온갖 새로운 소문을 꾸며내고 있다. 은하의 암흑물질 속에 숨어 있다는 초월적인 존재에게로 도망쳤다거나 반물질로 이루어진 우주에 돌입했다든지 하는 어처구니없는 이야기들이 바로 지금 파발선을 타고 제국 곳곳으로 퍼지고 있다. 물론 평범한 제국 시민들은 그런 이야기를 믿지 않는다. 그런데 그가 6400광년 너머 한때 제국의 권역이었던 미로 항성계로 떠났다고 진지하게 믿고 있는 사람들은 분명히 존재한다.

호라티아는 제국을 배반함으로써 제국의 전설이 되었다.

탄핵 직전, 호라티아는 7년간의 재판 끝에 최종적으로 무죄판결을 받았다. 이에 반발한 황제는 행정부 대표 특권을 이용하여 호라티아를 즉각 탄핵했다. 태양계에 인간의 제국이 세워지고 우주 곳곳에 인류가 퍼져나가는 장구한 역사 속에서, 황제가 특권을 행사하여 집정관을 탄핵한 전례는 단 한 번도 없었다.

이제 원로원 내부는 두 개의 세력으로 나뉘었다. 통합파 세력은 호라티아를 국가의 적으로 간주하며, 분리주의 세력은 호라티아를 성인으로 추앙하고 있다. 원로원 총선을 1개월 앞둔 지금, 제국의 인민인 당신은 어느 쪽에 표를 던질 텐가?

세 편의 글로 자기를 소개하기

한 번 원고를 쓰면 그 원고로 세 번은 돈을 벌어
야 좋다는 말이 있습니다. 처음엔 이게 무슨 말인가 싶
었는데, 전업 작가 생활이 3년 차로 접어든 지금 그 격
언에 담긴 지혜를 이제야 절실히 깨닫습니다.

　　잡지, 앤솔러지(여러 작가가 참여한 단편집) 등에 올
리는 단편은 보통 이후에 단편집으로 다시 한번 출간할
수 있도록 계약을 맺습니다. 그때 돈을 한 번 받죠. 그
단편들을 모아서 단편집으로 출간합니다. 그때 돈을 또
한 번 받습니다. 그리고 그 소설을 해외에 출간하거나
2차 판권을 판매하여 돈을 한 번 더 받습니다. 그렇게

세 번이 됩니다. 저는 최대한 그 규칙을 지키고자 노력하고 있습니다.

그러니까 트리플 출간 제안을 처음 받았을 때 제가 한 생각은 '세 개의 단편들을 두 번째 단계로 보낼 수 있겠군!'이었습니다. 혹은 '발표할 수 없었던 소설들을 이 차에 발표할 수 있겠군!' 정도?

저는 원드라이브에 제 소설들을 백업해놓습니다. 그 폴더에는 다행히 성공적으로 판매된 소설들, 몇 자 긁적거리다가 파기된 아이디어 조각들, 처음에는 향후 4천 년간 노래될 고전을 쓰고 있다고 생각했는데 쓰면서 천천히 생각해보니까 별로 재미없는 문자의 덩어리들이 뒤엉켜 잠들어 있죠. 해안가에서 동전을 찾아 금속탐지기를 들고 돌아다니는 사람처럼 저는 그 폴더에 혹시 괜찮은 단편이 남아 있나 찾아다녔습니다. 어쩌면 사유의 수렁 속을 뒤지는 것에 더 가까울지도 모르겠네요.

그렇게 마이크로소프트의 클라우드 스토리지에 켜켜이 쌓인 제 생각의 파편 몇 개를 간신히 찾아냈습니다. 그런데 이것들을 찬찬히 보고 있자니, 여기서 '차마 발표할 수 없었던 것들'과 '2단계로 넘어가야 하는 것들'만 적당히 추출해서 출판사에 넘기는 건 음, 역시 좀 그렇지 않나 하는 생각이 들더군요. 그래서 트리플이라는 단편집의 콘셉트에 부합하는 어떤 맥락을 만들 수 있는 방법을 고민해보았지요.

마침 저는 3년 차지요. 2019년에 데뷔했고요.

모든 사람이 그렇듯 저번 달의 심너울과 지금의 심너울이 다르고, 작년의 심너울이 지금의 심너울과 다를 겁니다. 그래야만 하기도 하고요. 2019년, 2020년, 2021년 각각 제가 쓴 세 편의 작품에는 차이가 있을 거라고 믿습니다. 그래서 각 해에 쓴 세 작품을 보내기로 했어요. 그렇게 하면 독자님들께 시간에 따른 제 변화와 그 변화에도 불구하고 유지되는 저만의 축을 보여드릴 수 있지 않을까 했습니다.

이 책은 일종의 종단적 자기소개서일지도 모르겠어요.

「꿈만 꾸는 게 더 나았어요」는 데뷔 직후, 2019년 가을에 쓴 소설을 수정한 원고입니다.

당시에 저는 어떻게 보면 작은 꿈을 하나 이룬 상태였습니다. 작가로 데뷔했고 출간 계약을 맺었으니까요. 어릴 때부터 작가가 되고 싶었단 말이죠. 전 제 이름 달린 책을 내면 더는 바랄 게 없을 것 같았습니다. 그런데 그럴 리가 있나요. 출판문화협회의 2020년 통계에 따르면 1년에 문학 분야의 책이 13608권 새로 출판됐습니다. 제 책은 그중 한 권에 지나지 않아요.

저는 정말로 출발점에 선 것에 지나지 않았습니다. 꿈꾸던 일이라고 해도 글 써서 팔아먹는 게 아주 산뜻한 일만은 아니죠. 그걸 알아채니까 극도로 막막하더군요. 꿈을 이루면 행복을 누릴 수 있을 거라고 생각했는데, 대체 언제 행복에 도달할 수 있는 거야? 이 소설은 그런 상태에서 썼어요. 차라리 그냥 선망만 하는 게 더 낫지 않았을까 싶은.

불행을 누릴 방법은 무궁무진한데, 행복을 누리는 방법은 저 정상에 도달하는 것밖에 없는 것 같고, 그 정상에 도달하는 것 빼고는 반드시 불행할 수밖에 없는 것 같아서. 이 세상이 참 엉망이라는 생각을 했습니다.

그 이후로 나름대로 이런저런 것들을 해내왔고, 이제 제 앞가림은 할 수 있는 단계로 왔습니다. 물론 그렇다고 해서 제 미래가 안정적이냐고 물으면 글쎄요. 그건 정말 알 수 없는 겁니다. 그런데 제가 또 행복을 느낀 적이 없냐고 물으면 그건 아닙니다. 2019년부터 지금까지 전 꽤 자주 행복했습니다. 많이 웃었고 좋은 사람들을 많이 만났고, 아주 가끔은 즐겁게 일했습니다.

행복은 델타에서 오는 것 같아요. 어떤 지점에 도달하는 게 문제가 아니라, 어떤 지점을 향해 내가 전진하고 있다는 사실 그 자체가 행복을 준다고 믿고 싶습니다.

좀 더 나아가자면, 구체적인 목표는 한번 달성해버리면 너무 허망해지는 것 같습니다. 예를 들면 연 2억을 벌겠다는 목표를 세웠다고 쳐봅시다. 물론 통장에 그만큼 입금되면 그 순간은 기분이 좋겠지만, 그럼 그 다음은 뭐죠? 나아갈 방향이 없어지지 않을까요.

그래서 요새는 인생의 목적은 구체적이기보다는 추상적인 게 나은 것 같다고 생각하고 있습니다. 민망하지만, 저는 꼭 한 번은 아름다운 글을 써보고 싶다는 생각을 요즘 꾸준히 하고 있고요. 이건 계측할 수 있는 종류의 꿈이 아닙니다. 그렇다면 저는 계속 그 지점을 향해 나아갈 수 있을 테고, 그 변동성에서 기쁨을 얻을 수 있을 겁니다.

「대리자들」은 2020년 여름에 썼습니다. 기술 발전이라는 게 꼭 좋은 일만은 아니라는 사실은 원래도 잘 알려져 있었겠지만, 21세기에 인공지능의 발달만큼이나 그것을 강렬하게 대중에게 각인시키는 사건은 없을 거라고 믿고 있어요. 그런 시대에 예술에 얼마나 인공지능을 도입할 수 있을까 고민하다 이 글을 썼지요.

주제의식이 명확하니까 제 분야에 대해 이야기를 해보도록 하겠습니다. 그래도 작가란 얼마나 좋은 일입니까? 소설 쓰기는 그렇게 큰 부가가치가 발생하지는 않는 일인데, 좋은 이야기를 만드는 데는 꽤 큰 연산력이 소모될 거라고 생각하기 때문입니다. 자연어 처리 자체가 상당히 어려운 과제인데, 이야기를 만드는 것 자체도 고도의 맥락을 꾸준히 유지해야 하는 일이고요. 그리고 프로그래밍에서 맥락을 유지하는 건 아주 고된 과제입니다.

거기다 소설 시장 자체도 극도의 승자 독점 시장입니다. 앞에서 1년에 1만 권이 넘는 문학이 출판된다는 통계를 밝혔는데 아마 그중 대다수가 소설일 겁니다. 그런데 매년 스포트라이트를 받는 소설은 그중에 채 500권도 되지 않게 마련이고요. 그중에서도 극히 일부만이 작가를 부자로 만들어줍니다.

그런 시장에 고도의 연산력을 굳이 투자하는 사

람이 있을지 저는 의문스럽습니다. 저는 인공지능 소설가가 나와도, 재미있는 이슈 이상은 되지 않을 거라고 생각해요. 오직 인간만이 고도의 창의력을 가질 수 있다는 식의 이야기는 솔직히 말해서 좀 우스꽝스러우니까 하지 않겠습니다. 소설에 사용되는 플롯이란 이미 수백 년도 전에 스무 개 정도로 그 원형이 정립된걸요. 제가 말하고 싶은 것은, 오직 몇몇 인간만이 이토록 불합리한 투자를 할 수 있다는 거예요.

하지만 인공지능의 도움을 받을 수는 있을 것 같습니다. 특히 문장을 쓸 때는, 훨씬 방대한 데이터베이스를 가진 인공지능이 큰 도움이 될 거예요. 이건 마치 한 단계 앞서 나간 문장 자동 완성기 같은 것입니다. 이전에 문장 작성에 인공지능의 도움을 받는 영어권 소설가의 뉴스를 읽은 적이 있어요. 그런데 한국어는 영어보다 필연적으로 데이터베이스의 볼륨이 부족할 수밖에 없다는 게 좀 아쉽기도 합니다.

어쨌든, 저는 인공지능에 대체될 걱정 없이 마음껏 가난할 수 있을 거라고 믿고 있어요. 제 희망 사항에 지나지 않을까요?

지금은 상상만 할 수 있는 정도의 강인공지능이

정말로 개발되면 그때는 저도 주인공과 같은 길을 따르게 될지도 모릅니다. 하지만 그 정도의 기술 발전은 미증유의 자연재해나 다름없어요. 사회 전반이 그 파도에 휩쓸릴 텐데 저 혼자서 자리를 붙잡고 있겠다는 건 이루어질 수 없는 환상이겠지요.

「문명의 사도」는 2021년 가을에 쓴 소설입니다. 뒤구르기 하면서 보아도 이 소설에 깃든 로마제국에 대한 시대착오적인 애착을 확인할 수 있을 겁니다. 저는 초등학생 때 시오노 나나미의 『로마인 이야기』 시리즈(김석희 옮김, 한길사)를 탐독했고, 그 영향으로 지중해 역사와 로마의 체계에 다소 집착적인 애착을 가지게 되었지요. 라틴어도 따로 배울 정도로 좋아했고요. 그래서 제가 로마 시대의 직위 이름을 사용하는 우주 제국 이야기에 정신을 못 차리는 겁니다.

『로마인 이야기』로 역사를 배울 수 없다는 비판은 익히 들어 알고 있습니다. 시오노 나나미는 재미있는 역사 에세이를 쓰는 작가이지만, 그 재미를 위해서 소재가 되는 역사 자체를 수정해버리거나 자기 주관을 강하게 주입하는 경향이 있죠. 하지만 그런 비판을 들으며 고개를 끄덕이더라도 제 영혼에는 그의 작품이 각

인되어버렸습니다. 그리하여 평소에 독재자와 왕에게
는 단두대만큼 어울리는 것이 없다고 강경히 주장하다
가도, 로마 공화국을 제국으로 만든 독재자 율리우스
카이사르(『로마인 이야기』에서 극도로 우호적으로 묘사됩니다)
라는 이름을 들으면 가슴이 벅차오르는 모순적인 인간
이 되어버린 것입니다. 아아.

　　제국이라는 체계에 대해서도 저는 모순적인 자
세를 가지고 있어요. 유럽 곳곳을 '로마화'시킨 그 거대
한 나라가 내부 모순을 견디지 못하고 해체되는 역사의
흐름을 보면 가슴이 찢어집니다. 그들은 문명을 유럽
전체에 뿌렸는데요. 그런데 저는 또 한편으로는 제국의
기준이 문명의 기준이 되는 그 시스템을 상당히 꼴같잖
게 여깁니다. 저는 세계 전체가 제국이라는 하나의 시
스템 아래 통합되고 같은 문명을 누리는 것보다는, 그
리하여 문명이라는 것이 하나로 정의되기보다는, 그냥
각각의 나라들이 각각의 방식을 가지고 그 방식을 서로
존중하며 살아가는 게 더 낫다고 믿거든요.

　　이 소설은 서로마와 동로마처럼 반토막이 난 제
정신 내부의 투쟁 끝에 만들어졌습니다. 너무 적나라한
것 같기도 하고 지나치게 비현실적으로 느껴지기도 해

서 생략한 부분이 있는데, 원래는 우주선을 로마식 건축물 스타일로 묘사할까도 생각해봤어요. 생각해보세요. 키르쿠스 막시무스가 우주를 나는 거지요.

아, 또 하나 취향이 드러나는 구간이 있어요. 저는 물질은 광속을 넘어 이동할 수 있는데 정작 정보는 광속의 한계에 얽매인 세계를 대단히 좋아합니다. 이런 세팅 속에서 사람들은 수천수백 광년을 쉽게 넘어갈 수 있기 때문에, 고전적인 방식처럼 파발이 필요해집니다. 물질이 곧 정보라고도 할 수 있겠지만, 제가 무슨 말을 하고 있는지 아시겠죠?

불안정해질 수도 있는 웜홀로 간신히 이어진, 우주 곳곳에 퍼져 있는 인간의 제국. 이 세팅은 향후에 장편으로 확장할 수도 있을 것 같습니다. 저는 장편에 현실과 멀리 떨어진 세계를 쓰면 반드시 고생한다는 사실을 잘 알고 있습니다. 스스로 불러온 재앙이 되겠군요.

독자님들이 이 자기소개서를 통해서 저라는 존재에 대해 아는 과정이 즐거웠으면 해요. 이 책을 재미있게 읽었기를 기원합니다. 정말이지 간절히 바라요. 즐길 콘텐츠가 많은 시대에 내 이야기를 즐겨주는 고마운 사람들이 존재하는데, 그 고마운 사람들에게 잠시나마 분명히 즐거움을 줄 수 있다면 얼마나 다행인 일일까요.

언제나처럼 편집자님을 비롯하여 제 책에 참여해주시는 모든 노동자에게 감사합니다. 더하여, 언제나 내 글을 먼저 읽어주는 친구들에게 깊은 사랑을 보내면서 글을 끝냅니다.

2021년 8월 1일, 마포구 작업실에서

해설

한국 SF의 트릭스터를 만나는 시간

— 이지용(SF 평론가)

트릭스터가 만들어내는 균열들

트릭스터trickster는 신화 등에서 규율에 얽매이지 않은 채 장난치기를 좋아하는 존재를 일컫는 말이다. 그리스·로마신화에서는 헤르메스가, 그리고 가장 많이 알려진 북유럽신화에서는 로키가 트릭스터로 알려져 있다. 이들은 흔히 장난꾸러기 혹은 사고뭉치의 이미지를 가지고 있지만 그보다 본질적인 특징이 있는데, 바로 경계를 넘나들고 기존의 질서가 가지고 있는 권위를 거리낌 없이 횡단한다는 것이다. 그 과정에서 트릭스터들은 필연적으로 세계에 균열을 일으킨다. 견고하게 만들어져 있던 의미들을 상쇄하고 이전까지는 존재하지 않았던 상태를 만들어내기도 한다. 게다가 그들이 그런 일을 하는 것은 특별한 이유나 목적이 있어서가 아니라 일종의 기질과 같은 것이다. 특별히 의도한 것이 없기 때문에 균열의 사이에서 발생하는 것 역시 그 누구도 예상하지 못했던 것인 경우가 많다. 그 결과 트릭스터는 세계를 다양하게 만들고, 그다음으로 넘어가게 하는 역할을 한다.

　　심너울은 현대 한국 SF에서 트릭스터와 같은 면모를 보여주는 작가이다. 장난스럽고 가벼워 보이는 문체 혹은 소재의 활용에서도 그러한 면모를 발견할 수 있지만, 트릭스터들이 보여주던 본질적인 특징도 그대로 나타난다. 바로 문학이라는 형식이, SF라는 장르가 보여주는 다양한 가능성과 의미를 거리낌 없이 활용하여 이야기를 만들어내기 때문이다. 심너울의 세계에서는 문학의 권위도, 장르의 의미도 크게 작용하지 않는다. 활용할 수 있는 소재들을 과감하게 사용하고, 펼칠 수 있는 가정을 자유롭게 펼치며, 질문할 수 있는 영역에 대한 과감한 질문이 들어 있다. 그리고 그러한 움직임은 이전까지 발생하지 않았던 새로운 가능성을 만들어내기 마련이다. 심너울은 실제로 한국 SF의 장내에서 유의미한 움직임을 보여주고 있다. 이에 대해 곽재식 작가는 심너울의 작품들을 보고 "2020년대 초, 한국 SF 황금기를 상징할만한 표본"이라 정의하기도 했다.*

이번에 발표한 『꿈만 꾸는 게 더 나았어요』는 기존의 심너울이 발표했던 『나는 절대 저렇게 추하게 늙지 말아야지』(아작, 2020)나 『땡스 갓, 잇츠 프라이데이』(안전가옥, 2020) 등에서 보여주었던 특성이 그대로 구현되어 있다. 특히 현실에서의 문제나 인터넷 밈meme 정도로만 치부되던 현상들, 커뮤니티 내에서의 '썰' 정도로 공유되던 정보를 과감하게 소설로 끌고 들어와 일종의 시뮬라크르의 시뮬라크르를 만들어내는 방식으로 이야기를 전개하던 장난스러운 모습이 여전하다. 한국 사회가 가지고 있는 다양한 구조적 모순에 대한 이야기나 동시대 작가의 작품들도 과감하게 끌고 들어와 이야기 세계를 구축했던 『나는 절대 저렇게 추하게 늙지 않아야지』와 장르의 오랜 관습을 한국의 현재 실정에 맞

* 곽재식, 「이런 것이 천재 작가일까, 심너울 작가와 『나는 절대 저렇게 추하게 늙지 말아야지』」, 『크로스로드』 2021년 4월호.

취 과감하게 비튼 『땡스 갓, 잇츠 프라이데이』 같은 작품에서 보여주었던 방법론이 여전하다. 다만 이번에는 조금 더 동시대적인 감각들을 가지고 와서 동시대 너머를 지향하고자 하는 그의 세계관이 변모한 양상을 확인할 수 있다.

　이러한 맥락에서 『꿈만 꾸는 게 더 나았어요』에서 특징적으로 나타나는 모양을 크게 세 가지 정도로 구분할 수 있다. 첫 번째는 장르의 관습을 능숙하게 비틀어서 새로운 관습으로의 전환을 시도하는 것이고, 두 번째는 한국 사회가 가지고 있는 인식에 대한 사고실험이며, 세 번째는 동시대적인 전형성을 능숙하게 활용하여 펼쳐내는 세계에 대한 완성도라고 할 수 있다. 특히 두 번째와 세 번째는 이전까지 보여주던 모습이 이제는 개성을 가지고 완성되어가는 것을 보여주면서 나타나는 특징이다. 이 모든 특징은 장르 관습에 대한 이해와 그것이 형성한 의미를 과감하게 횡단하고 파편화하여 사용하는 재기발랄함으로부터 기인한다. 그렇기 때문에 이렇게 장르의 관습을 다시 관습화하여 활용하는 심너울의 작법을 메타 코드 혹은 메타 컨벤션이라는 용어로 정의해볼 수 있다.

　　장르는 코드와 컨벤션을 얼마나 능숙하게 구현하는가에 따라서 완성도를 가름하기도 한다. 그러나 코드와 컨벤션의 구현에만 골몰하게 되면, 클리셰를 남발하는 개성 없는 작품이 되고, 코드와 컨벤션에 대한 인식이 너무 희박하면 장르가 가지고 있는 가능성을 제대로 활용하지 못한 작품이 되어버린다. 하지만 심너울은 이러한 요소를 다루는 것에 대한 감각이 절묘하다. 『꿈만 꾸는 게 더 나았어요』에서도 트릭스터처럼 과감하게 넘나드는 경계의 첫 번째는 장르가 가지고 있는 코드와 관습이다. 「대리자들」에서 보여주는 인공지능과 예술 그리고 인간에 대한 사고실험이 대표적으로 그런 예인데, 소설에서 설정하고 있는 인공지능으로 만들어지는 인간을 대체하는 존재에 대한 담론들이 바로 그것이다. 인공지능에 의해 등장하는 존재들, 즉 포스트휴먼에 대한 논의의 형상화는 SF 작품들을 통해 그려져왔다.

　　필립 K. 딕의 『안드로이드는 전기양의 꿈을 꾸는가』(박중서 옮김, 폴라북스, 2013)가 그러했고, 1990년대부터의 할리우드 영화에서나 〈공각기동대〉(1995)와 같

은 만화와 애니메이션에서 포스트휴먼 담론을 형상화
한 작품들이 나타났다. 그들은 앞으로 닥칠지도 모르는
미래의 인공지능이 인간성이라는 거대한 개념에 대한
도전이 될 것이라 예상했다. 그 결과 권력과 사회구조
그리고 지구의 멸망과 인간의 욕망(대체로 성욕이 그 표상
이었다)에 대한 이면을 들춰내는 데 인공지능 존재가 표
상되었다. 그러나 실제 인공지능이 우리의 삶에 직접적
인 영향을 미치기 시작한 지금, 그러한 거대한 인식 이
전에 우리에게 실질적으로 영향을 미치는 미시적이고
개별적인 영역에서 인공지능에 대한 인식의 변화가 필
요함이 드러나고 있다.

　　「대리자들」은 최근 한국 SF에서도 나타나기 시
작한 이러한 필요를 반영한 작품이라고 할 수 있다. 특
히 전체 서사는 기존의 SF 서사에서 보여주었던 거대
담론적인 인공지능의 문제점에 대해 지적하려고 하는
모습으로 보여지기도 한다. 하지만 그것은 어디까지나
이전의 SF가 장르로서 만들어왔던 관습을 활용해 조금
더 적극적으로 독자를 사고실험의 장으로 이끄는 작가
의 방법인 셈이다. 인공지능이 대신 연기를 하는 세상
에서 진짜와 가짜, 예술과 창조의 고귀함 등을 고민하

는 주인공의 서사는 독자에게(SF에 익숙한 독자라면 더욱) 몰입감을 주기에 충분하다. 하지만 결국에는 "왜 나는 너를 내가 생각한 이상에 끼워 맞추고 당연히 그 이상 대로 행동할 거라고 착각하고 있었지?"(65쪽)라고 되묻는다. 그것은 주인공의 깨달음이기도 하지만 작가가 독자의 독서 관습에 재질문하는 것이기도 하고, 작가 스스로 세계에게 던지는 말이기도 하다.

「꿈만 꾸는 게 더 나았어요」에서도 이러한 관습에 대한 비판적 사고실험이 나타난다. 외계인의 실험으로 인해 미래 기술이라고 생각했던 '안드로메다형 블록체인 기술'까지 경험했던 주인공은 그것에 대한 사용과 허위 과장 광고가 불법이라는 것을 알려주려고 온 외계인에게 몇 개월 전에 영업을 시작했으면서도 50년 원조라고 광고하는 것이 인간의 관습이라고 변명한다. 미래 기술이고 목표이자 이상이라고 생각했던 것들이 막상 들여다보니 그렇지 않았다는 것을 깨달음과 동시에 그러한 가치는 어쩌면 세상에 존재하지 않을지도 모른다는 사실을 이야기하고 있는 것이다. 그리고 이러한 깨달음을 이야기하기 위해서 그동안 SF에서 관습처럼 사용해왔던 모든 세계관과 이야기 방식을 동원해 독자가 이 세계에 어떠한 음모나 거대한 의미가 있는 것은 아닐까 기대하게 만든다. 거기까지 독자를 끌어들여야 이후의 허무함이, 그 끝에 있는 의미 없음의 어쩔 수 없음에 대한 당위가 만들어지기 때문이다.

한국 SF로서의 개별성

이와 같이 심너울은 장르의 코드, 그동안 인류가 만들어왔던 다양한 이야기 요소가 가지고 있는 맥락을 자신의 세계관에서 적극적으로 활용한다. 「대리자들」에서 셰익스피어의 작품에서 인용구를 가져왔다는 것이 이러한 지점을 부연한다. 셰익스피어 이후 클리셰가 아닌 것이 없다는 선언에 절망하는 것이 아니라, 그렇다면 그것을 가져와서 내 마음대로 활용해보겠다는 트릭스터적인 면모가 그대로 드러나는 지점이다. 「문명의 사도」에서 보여주는 세계관 역시 이러한 맥락과 같다. 제국적 세계관과 계획적이고 획일적이며 효율적인 세계의 구축을 지향하는 모습은 SF에서 발달해온 이야기의 형태이다. 프랭크 허버트의 『듄』 시리즈(김승욱 옮김, 황금가지)나아이작 아시모프의 『파운데이션』 시리즈(김옥수 옮김, 황금가지)가 대표적으로 그러한 세계를 구체화했고, 이후에 〈스타워즈〉 시리즈처럼 대중적으로도 성공한 SF 세계관들이 이러한 지점을 그대로 이어받았다.

하지만 냉전의 종식과 함께 거대담론의 시대가 끝나면서 기존의 제국적 세계관이 가지고 있는 위험성에 대한 비판이 이어졌고, 이러한 세계관은 SF 서사 내에서도 점차 자취를 감추게 되었다. 「문명의 사도」에서는 그러한 제국적 세계관을 아주 충실하게 반영하고 있다. 제국의 집정관이 변방의 행성에서 발견한 것은 제국과 같은 형태의 거대한 공생체인 실피움이다. 숲이나 다름없는 다양성을 가지고 있지만 하나의 거대한 생물처럼 느껴지는 실피움에서 제국을 떠올리는 표상은 제국이 국가나 권력의 형태가 아니라 하나의 지향점이자 세계관 혹은 담론의 형태라는 것을 떠올렸을 때 세계관에 대한 명확한 통찰이 돋보이는 지점이다. 그리고 이러한 통찰을 바탕으로 제국과 같이 이상화된 관념이 가지고 있는 위험성을 보여준다. 결국 주인공은 제국을 배신하고, 이후에 그 일로 인해 제국의 전설이 된다.

이는 전통적인 제국주의 세계관이 동시대성과

호응하여 어떠한 이야기를 할 수 있는지 보여주는 좋은 예라고 할 수 있다. 제국주의 세계관은 SF의 중심 서사에서는 그 영향력이 희박해졌지만, 게임의 세계관 등을 축조할 때 여전히 반복적으로 나타나는 관습이다. 특히 게임과 같은 사용자의 참여와 경험이 중시되는 콘텐츠에서 이러한 세계관이 여전히 남아 있다는 것은 대중의 체현을 통해 이러한 욕망이 여전히 유효함을 나타내주는 지표이기도 하다. 그렇기 때문에 제국이라는 거대한 구조 내에서 과감한 선택을 통해 하나의 유기적인 담론으로서의 제국이 둘로 나뉘는 일이 일어나고, 그 과정의 중간 결과가 나타나는 투표를 앞두고 있다는 결말은 서구에서부터 출발한 세계관임에도 불구하고 2020년대 한국에서 이야기할 수 있는 방향성이라는 생각을 들게 하기 충분하다.

특히 저항의 세력이 힘을 기르고, 절대적인 힘을 가진 영웅의 구원으로 인해 세계를 변화시키는 것이 아니다. 개인의 희생을 뒤따르는 변화의 맥락이 구조의 변화를 일으키는 일련의 사건들은, 민주화운동을 하고 촛불을 들어 시위했던 한국 근현대사의 경험에서는 당연하게 도달할 수 있는 개별성을 보여주는 부분이라고도

할 수 있다. 특히 SF 서사가 거대한 힘의 충돌과 정의, 그리고 정치적 올바름 없이 거대 권력과 구조에 대한 힘과 힘의 싸움이라는 형태로 나타나는 것이 일반적이었음을 상기했을 때, 심너울의 이러한 방법은 앞에서 설명했던 특징이 다시 적용된 결과라고 할 수 있다. 다시 말해, 기존의 SF 관습을 메타적으로 재관습화하여 동시대적인 지향점들로 결론짓는 것과 동시에 한국에서의 경험을 통해 세계의 문제를 인식한 한국 SF만의 개별성을 획득할 수 있는 지점이 발생했다는 것이다.

다소 거창해 보이는 의미 부여가 있었던 것 같지만, 여전히 심너울의 소설을 읽는다는 것은 '이야기를 읽는 재미'가 그 중심에 단단하게 뿌리박고 있음을 부정할 수 없다. 많은 것을 의식하지 않은 문장의 서술은 정확한 정보만을 전달하여 의미의 혼동이 적고, 장르의 관습을 의식적으로 변용하지 않는 구조는 수용자로 하여금 안정감을 준다. 문제의식 역시 일상적인 것으로부터 출발하다 보니 대단한 성찰이나 고민을 드러내는 무언가로 여겨지지 않기 때문에 망설임 없이 이야기의 다음으로 넘어갈 수 있다. 하지만 그 안에서 동시대적인 표상과 현대적인 문제의식에 대한 과감한 차용으로 인해 이제까지 우리가 알고 있던 세계와는 다른 낯섦이 펼쳐지는 것을 경험할 수 있다. 거기서 나타나는 인지적 소외와 경이는 2020년대의 우리가 SF를 통해 만나볼 수 있는 새로운 즐거움이기도 하다.

작가는 스스로 쓸데없는 이야기를 쓴다고, 가볍고 개인적인 이야기를 사변적으로 서술한다고 말하곤 하지만, 작품에서 나타나는 세계에 대한 이해와 시선은 용감하다. 용감하게 현실을 그리고 자신이 사랑하는 이야기의 세계를 바라보고 흡수하여 망설임 없이 과감하게 자신의 사고실험과 뒤섞어 세상에 내놓는다. 가볍다고 말할 수도 있고 위태롭게 느껴질 수도 있지만, 그러한 과감한 움직임들이 언제나 세계에 균열을 내고 지금이 아닌 그다음을 향하게 만들어준다. SF는 그러한 시선과 인식의 전환에 언제나 가장 긴밀하게 반응하면서 발달해온 장르다. 한국 SF의 트릭스터인 심너울과 함께 전환의 경계를 넘나드는 것은 생각보다 즐거운 경험이 될 것이다.

트리플 10

꿈만 꾸는 게 더 나았어요
© 심너울, 2021

초판 1쇄 발행일 2021년 12월 10일
초판 2쇄 발행일 2021년 12월 15일

지은이 · 심너울

펴낸이 · 정은영
편집 · 정수향 김정은 정사라
마케팅 · 최금순 오세미 김하은
제작 · 홍동근
펴낸곳 · (주)자음과모음
출판등록 · 2001년 11월 28일
        제2001-000259호
주소 · 경기도 파주시 회동길 325-20
전화 · 편집부 02) 324-2347
        경영지원부 02) 325-6047
팩스 · 편집부 02) 324-2348
        경영지원부 02) 2648-1311
이메일 · munhak@jamobook.com

잘못된 책은 교환해드립니다.
저자와의 협의하에 인지는 붙이지
않습니다.

ISBN 978-89-544-4789-8 (04810)
        978-89-544-4632-7 (세트)